絶望オムライス

神原月人

月と梟出版

絶望オムライス

目次

1

絶望オムライス

ぼくは洋食屋に置き去りにされた子供だ。

「なにか美味しいものを食べにいきましょう。タクはなにを食べたい？」

気丈にも母は悲しい笑みを浮かべた。目の下には赤黒い痣《あざ》があり、唇から血が流れた。

母を殴りつけた父は家を出て行った。泣き腫らした母に手を引かれ、暗くて寒い夜道をとぼとぼ歩いた。

太陽が隠れてしまった暗い街のなかで、その店は淡い光を放っていた。

母とぼくは街角にぽつんと佇む一軒の洋食屋さんにたどりついた。

「オムライスをひとつ」

その場所が「ようしょくやさん」という所だと、料理を待つあいだに知った。

キッチンにいたのは、やさしそうな白髪のおじいさんだった。

黒いフライパンはつやつや光り、オレンジ色のお米が踊った。

白いお皿にオレンジ色のお米が乗っかり、黄色い卵がやさしく包み込む。

1
絶望オムライス

焦げ茶色のどろっとしたソースがかかった、その食べ物の名はオムライス。

最後に、母といっしょに食べた思い出の逸品。

「お待たせしました」

キッチンを見渡せるカウンターに座ったぼくの足は地面に届きもしなかった。

銀色のスプーンを持たされ、おそるおそる食器に手を近づける。

しんちょうに、しんちょうに、音をたてないように気をつけて、焦げ茶色の海に浮かぶオムライスをすくったはずだった。

かちゃん……。

思わず、心がびっくりして飛び跳ねてしまうような音がした。

ぼくは「しょくじ」の時間がこわくて、しかたがなかった。

お箸やスプーン、フォークを握ると、じんわり汗がふきだしてしまう。

父は「しょくじのまなー」にきびしい人で、うるさい音をたてると、すぐに殴られた。

「ご、ご、ごめんなさい、ごめんなさい……」

うるさい音をたててしまったぼくは、椅子から転げ落ちるぐらいに激しく殴られる。

殴られるのが怖くて痛くて、ぼくはつい顔を両手で防いでしまう。

そのせいでお箸やスプーンを落としてしまって、ぼくはまた殴られる。

「しょくじのときには、よけいなおとはたてってはいけません」

ぼくはそう躾けられていた。

そんな簡単なことさえ守れないぼくは、殴られても仕方のない悪い子だ。

ここにはいない父が飛んでやってきて、悪い子のぼくを思いきり殴りつけるのだと思ったら、知らぬ間にスプーンを取り落としていた。

がちゃん……。

それはもう、なんど謝っても取り返しのつかない音がした。

ぼくは床にスプーンを落としてしまっていた。

「ご、ご、ごめんなさい、ごめんなさい……」

怖い父がやさしいお父さんに戻るまでには、なんどもなんどもこの呪文を唱えなければいけない。

でも、あの日、ぼくの目の前にいたのは、やさしいおじいさんだった。

「大丈夫かい、坊や。あわてないで、ゆっくり食べるといい」

おじいさんは、ぼくがスプーンを落としたことを叱ったりはしなかった。

それどころか、ぼくに新しいスプーンをくれた。

隣に座る母はなにも言わず、ぼくの背中をさすってくれた。

「しょくじ」の時間は、いつだって緊張する。怖くて、ぷるぷる手が震える。

だからこんどこそ、しんちょうに、しんちょうに、ぜったいに音をたてないように気を

1
絶望オムライス

つけて、焦げ茶色の海に浮かぶオムライスをすくった。

無事に銀色のスプーンに乗せ、ゆっくり、ゆっくり口に運ぶ。

ひと口食べた途端、ぼくは一瞬にして怖い父を忘れた。

かちゃかちゃ音が鳴ってしまうのも気にせず、夢中で食べた。

やさしい卵の味、すこし苦いソースの味、ほんのり甘くて、しっとりしたお米の味。

いろいろな味が口の中で合わさって、そのときばかりは「しょくじ」が喜びだった。

半分ぐらい食べて、おなかがいっぱいになってしまったけれど、やさしいおじいさんが作ってくれたオムライスはとてつもなく美味しかった。

「どう、美味しい？」

母は、ぼくの口の周りについていたソースを紙のナプキンで拭いてくれた。

小さくうなずくと、なんだか眠くなってしまった。

こわくてしかたのない「しょくじ」の時間が終わると、きまって眠くなる。

「ママ、これからパパと話してくるから。いい、ここで少しだけ待っていてね」

それが母と交わした最後の言葉だった。

まだ幼かったぼくは、母が迎えに来てくれるのを疑いもしなかった。

だけど、母はぼくを置き去りにした。

十年以上も前のあの日のことを振り返るたび、心がちくりと痛む。

母はぼくを捨てたのではなく、逃がしたのだと思うことにした。

大嫌いだった「しょくじ」の時間が決して捨てたものではないと思わせてくれたのは、あの日食べたオムライスのおかげだ。

ぼくは洋食屋さんのオムライスに救われた。

五歳になったかならぬかで母の手を離れ、児童養護施設で育った。

ぼくを養子として引き取りたいと申し出てくれた里親候補も何人かいたけれど、試しにいっしょに暮らしてみると、養子の件は白紙に戻った。

「しょくじ」の時間になるたびに取り乱すぼくを大人たちは受け入れてはくれなかった。

食事が大嫌いなぼくがなんとか生き延びられたのは、あの日に食べたオムライスの幸せな味をいつまでも忘れずにいたからだ。

洋食屋さんのおじいさんには恩しかない。母に置き去りにされたあの日、お客がだれもいなくなった店で、オレンジジュースを飲ませてくれた。

「坊や、お名前は？　どこに住んでいるの？」

おじいさんに訊ねられたけれど、ぼくはただただ黙ってなにも答えなかった。

「つうほう」されてしまうから、しらないひとにはしゃべってはだめ。

自分のこと、父のこと、母のこと、家のこと、とにかく知らない人にはなにも喋ってはいけません。ぼくはそう躾けられて育った。

1

絶望オムライス

約束を破る悪い子ではなかったのに、母は迎えに来てはくれなかった。

十八歳になれば、児童養護施設を出なければならない。そういう規則がある。

ぼくは施設の人に自分の誕生日さえ告げなかった。名字も言わなかった。

いや、正確に言い直そう。

ぼくは自分の誕生日さえきちんと覚えておらず、父の名字はそもそも知らなかった。だから、児童養護施設に引き取られた日がぼくの五歳の誕生日ということになった。

書類の上で十八歳に達したぼくは施設を出た。

今さら母を探そうという気は起こらなかったが、あの日ぼくを救ってくれた洋食屋さんを探して、せめて、ひと言はお礼が言いたかった。

「あの日に食べたオムライスのおかげで、ぼくは生き延びました。どうもありがとうございました」

そんな心ばかりの感謝の気持ちを伝えられたらと思い、おぼろげな記憶を辿って、思い出の洋食屋を探し歩いた。おそらくはここだろうという見覚えある街角を探し当てたが、そこに在るはずの洋食屋は、暗い夜道にあって淡い光を放っていた奇跡の場所は、すっかり様変わりしていた。

洋食屋の面影を残すのは古い店構えだけで、中身はすっかり変わってしまっていた。

そこには薄汚れた小料理屋があるだけで、寒風に吹き晒されて求人の張り紙が飛ばされそうだった。

洋食屋のおじいさんは店を畳んでしまったのだろうか。

容赦なく風に煽られる張り紙に記された文言は、なんとも味気がなかった。

――調理担当、急募。未経験可

＊

記憶の奥底で色褪せぬ輝きを放つ洋食屋は、東京都品川区最西端の西小山駅の近くにあった。

児童養護施設に引き渡された日、職員は「西小山駅近くの洋食屋で少年を保護」と繰り返した。「ニシコヤマ」と正確には聞き取れず、ぼくの耳には「ニシヤマ」と聞こえた。

わけも分からず頭の上を飛び交う、その響きが頭にこびりついて離れなくなった。施設に保護され、一日、二日と経ち、それから一週間、一ヵ月と経っても母が姿を現すことはなかった。母がすぐに迎えに来てくれると信じていたが、幼心に理解した。

どんなに待ち続けても、きっともう母とは会えないのだと。

今、ぼくは西山匠海《にしやまたくみ》と名乗っている。

当時の思い出を忘れぬため、という痛切な思いがあったわけではない。

1
絶望オムライス

五歳かそこらだったぼくは、自分の名字などうろ覚えであった。

自分の名前でさえあやふやで、もう顔もはっきりとは覚えていない母にタクと呼ばれていたことだけはかろうじて覚えていた。

本名を省略してタクだったのか、それともタクマだったのか、あるいはタクヤだったのか、はたまたタクミだったのか、知らない人には何も喋ってはいけない、と厳しく躾けられた子供から確かめる術はなかったことだろう。

名前がないと不便なので、自分で好きに名前を付けた。

漢字は、なんとなく格好良さそうなものを選んだ。

高校生になってアルバイトを始め、自分の自由にできるお金を手にした。

そして、ふと思った。思い出の洋食屋を探してみようと。

当時の記憶と、西山と名乗った自身の姓を頼りに、目黒線西小山駅に目星をつけたが、どこをどう歩いても自分の記憶と合致する洋食屋は見つからなかった。お隣の武蔵小山駅の周辺もうろついてみたが、思い出の洋食屋はどこにも見当たらなかった。

どうりで見つからないはずであった。

そこはもう、洋食屋ではなくなっていたのだから。

明かりの消えた行灯に「小料理　絶」と書かれている。

夕暮れ前で、まだ営業時間には早いためか、曇り硝子越しの店内は薄暗い。

店のなかで人影が動いているのが見てとれた。

昔、この場所にあったはずの洋食屋さんはどうなってしまったか、知っていますか。どこかに移転してしまったのでしょうか、ご存知ですか。

そんなことを訊ねるべく、年季の入った木製扉を開けて中まで入っていこうか、それとも黙って立ち去ろうか、しばらく考えた。ここは大人がお酒を飲む場所で、施設育ちの子供が軽々しく立ち入れるような場所ではないと思うと、足が前に進まなかった。

それでも、もしかしたら洋食屋のおじいさんのことを知っている人がいるかもしれない。もしおじいさんのことを知っているならば、ひと言だけでも感謝の言葉を伝えておこう。人伝《ひとづて》であっても言わぬよりはマシと思い、おっかなびっくり扉を開いた。

照明の落ちた店内に足を踏み入れる。四人掛けのテーブルが三卓あり、店奥にキッチンと客席を隔てるカウンターがある。直線状のカウンター席で独り、頬杖をついてグラスを傾けている人影があった。

「ごめんなさい、まだ開店前なの」

よく通る女性の声がした。黒のタートルネックを着て、デニムのジーンズを穿いている。艶のある黒髪をシニヨンにまとめ、左目の目尻の下に泣きぼくろがあった。

全体的に細身で、困ったように微笑む表情がなぜだか母の面影と重なって見えて、動揺を隠せなかった。「どう、美味しい？」と優しげに言い、それっきりぼくを置き去りにしたあの日の母の年齢がいくつだったのか定かではないが、目の前の女性はどう年齢を高めに見積もっても三十代半ばぐらいだろう。

あれから何年が経ったというのだ。

あの日から母は老けもせず、あの日と同じ場所に居続けて、いつまでもぼくを待ち続けていてくれたというのか。

そんなはずがあるわけもない。そんなはず、あってたまるか。

内心に渦巻いたどす黒い感情に、施設育ちというレッテルが混合されると、ろくなことがない。

母はぼくを救ってくれた。と同時に、母はぼくを見捨てた。

感謝と恨みがない交ぜになると、あの日の母に近しい雰囲気の女性を見るたび、知らず知らず母を探してしまう。

過去に囚われたままでいつまでも進歩がなく、つくづく自分が嫌になる。

長く施設で暮らすうち、習い性となってしまった笑顔の仮面を身に着けて、なるたけ平然を装った。表面的に感情を殺すことは容易い。作り物の笑顔は悲しみを覆い隠してくれる。

「すみません、あの……」

「もしかしてバイト希望の子？　そっか、そっか。じゃあ、面接しましょう」

どうにも表の張り紙を見て、アルバイトの面接に来たのだと勘違いされたらしい。

「え、いや、そういうわけでは」

「履歴書とかは要らないよ。私、男を見る目には自信があるから。ダメな男、クズな男、金に汚い男、浮気する男。顔を見れば、すぐに分かる」

「殴る男は？」

「そりゃあ、いっしょに暮らしてみないと分からないね」

思わず反応してしまったら、女性は唇の端を歪めて笑った。そのひと言だけで、すべてを察したかのような意味深な笑みだった。

「そんなとこに突っ立ってないで、座りなさいな。水割りでいい？」

「いいえ、お酒は飲めない年齢で」

「もしかして未成年？」

「十八です」

「若いねえ、羨ましいねえ。私のほぼ半分じゃん」

遠慮しながら女性の隣に腰掛けると、女性は前のめりに言葉を重ねてきて、速射砲のようによく喋った。

「君、名前は？」

「西山です。西山匠海」

1
絶望オムライス

「私は小藪妙《こやぶたえ》。たえ姉さんとか、たえママとか呼ばれてる。小料理屋って、ママじゃなくて女将《おかみ》じゃない。なのにママなんだよね、私の場合。最初は着物を着て女将さんぶってたけど、誰も女将扱いしてくれないから、もう着物を着るのもやめちゃった」

　黙っていたら高嶺の花のような雰囲気であったのに、喋り出したら止まらなかった。記憶の中の母は口数が極端に少なかった。これは絶対に母ではない、と確信する。

「あの、このお店の前に……」

　ここが小料理屋になる前に洋食屋がなかったかを訊ねようとすると、妙ママはすべてを聞く前に言葉を被せてきた。

「ああ、店名のこと？　あれは看板屋が文字を間違えたの。『小料理　妙《たえ》』にするつもりだったんだけどね。読み方は同じだから、これはこれでいいかなって」

　妙《たえ》ママが営むこの店は、「小料理　絶《たえ》」と言うらしい。

「ちょっと捻った感じで格好いいですね」

「生きていると、いろいろ滅入ることがあるじゃない。ここで美味しいお酒を飲んで、気の利いた小料理を食べて、いっぱい喋って、ストレスを捨てて帰って欲しいから、店の名前を間違えてくれて結果オーライだったわ」

　看板屋のミスを詰《なじ》ったりせず、あっけらかんと喋る様は好感が持てた。

「君、料理はどれぐらいできる？」

「トマトぐらいは切れます」

べつに調理のアルバイトに来たわけではないので適当に答えると、妙ママが噴き出した。なにがどう笑いのツボに刺さったのか分からないが、盛大に笑った。

「それで十分。君、意外と面白いね」

「小料理屋なのに、料理ができなくていいんですか」

「料理は私がするから。ただ、お客さんとついつい喋り過ぎちゃってさ。私の手が止まったときに補助してくれれば、それでいい」

喋るのに夢中で、料理を作るのを忘れてしまうのだろうか。

なんとも妙《みょう》な店だ。

妙ではあるが、不思議と嫌な気はしなかった。

この人はどんな料理を作るのだろうか、という興味が湧いた。

いい、お試し期間で里親候補と暮らすたび、「私たちのことは好きに呼んでくれていい。パパ、ママと呼んでくれなくてもいいから」という台詞が付いて回った。

そうは言いつつも、いつまでも懐いてこない子供を引き取りたくはない、という本音が透けて見えた。何日かを共に過ごし、パパ、ママと言い出すべき、ここぞのタイミングを見計らうゲームに敗れ続けるうち、子供心に深く傷ついた。

本心からパパ、ママなどと言えたことはない。ありとあらゆることが茶番で、仮初めの家族ごっこを演じるたびに心にひびが入った。

「西山君、ちょっと真面目な質問をするけどいい？」

今まではただの雑談だったようで、妙ママの目が急に真剣味を帯びた。

いったい何を聞きたいのだろうと思い、ぼくはごくりと唾を飲み込んだ。

「君の縁起メシはなに？」

「すみません。エンギメシって、なんですか」

質問に質問で返すと、妙ママが丁寧に答えてくれた。

「年越しそばとか正月のおせち料理は縁起が良いとされるでしょう。なんで年越しのそばが縁起が良いかと言うと、そばは切れやすくて、今年一年の厄を切る、という意味があるからなの。細くて長いから、健康長寿の願掛けをするにはもってこいだし、そばという植物は厳しい気候風土でも育つから、その強さにあやかるという側面もある」

妙ママはぼくを真っ直ぐに見据えた。

「縁起メシは、吉事到来の願いを込めた食事のこと。その料理を食べることで、これからの未来が良くなるように願いを込めるの。美味しいものを食べると、それだけで気持ちも身体も元気になるでしょう」

食べることで良い縁起に繋げるから、縁起メシ。

料理に縁起という要素があるだなんて、考えたこともなかった。

「ありふれた食べ物でもいいんですか」

「縁起メシは特別な日のよそ行きの料理じゃない。誰にでも作れる普段着の料理でいいの。君が特別だと思えば、どんなにありふれたものでも、それは縁起メシだよ」

ぼくにとって特別だと思える料理はなにか、そう聞かれれば答えはひとつしかなかった。

「だったら、オムライスです」

「どうして？」

言おうか、言うまいか、少し悩んだが、結局は言うことにした。

「ぼくは洋食屋に置き去りにされた子供だから」

妙ママの両目が大きく見開かれ、一瞬、空気が凍りついたような気がした。

「詳しく聞いてもいい？」

「たいした話ではないですよ」

だれかに自分の生い立ちを聞いて欲しかったのか、自分でもよく分からなかった。義務教育が終わった後、しばらくは高校に通ったが、どうにも両親が揃っているのが「ふつう」で、そうでなくとも片親がいるのが「ふつう」だった。

ぼくにはそのふつうの感覚が理解できず、些細な会話のたびに哀れっぽい目で見られるのが堪らなく苦痛で、次第に高校に通う足が遠退いた。そのまま中途退学したが、これでもうふつうを押し付けられなくて済むと思うと清々した。

施設にはぼくなんかよりも悲惨な生い立ちの子供はごまんといた。

ぼくなどはまだ救いのある方で、父には殴られたけど、少なくとも母はぼくの盾になってくれた。

「ぼくの父は気に食わないことがあると、手が出る人でした。食事のときに、うるさい音をたてると殴られました。ぼくを庇うと母も殴られました。食事の時間が怖くて仕方がなかったけれど、母と最後に食べたオムライスが忘れられません。洋食屋でオムライスを食べたあと、母はぼくを置き去りにして戻ってきませんでした」

感情を交えず、淡々と言い終えると、なぜだか妙ママが泣いていた。

そんなに感情移入するような話であっただろうか、と白けた気持ちになる。

ぼく以上に悲惨な思いをした施設の子供に比べれば、ぼくなんかまだマシだ。

オムライスは美味しいのだと、世界には殴る人ばかりでなくて、優しい人もいるのだと、信じられるから。

少なくとも、信じられるものが何もないことはないから。

「西山君はいつから働ける?」

止めどなく零れる涙を拭うと、妙ママが言った。

「私が料理を教えます。頑張って思い出のオムライスを再現しなさい。自分で食べて納得のいく味になったとき、それが君の縁起メシになる」

いつから働けるか、という問いかけに「いつからでも」と答えた。

あまり深く考えての返答ではなかったが、妙ママはにっこりと笑って、紺色のエプロンを首から掛けた。照明のスイッチに触れ、暗かった店内に灰白い明かりが灯る。

「じゃあ、今日からお願い」

ずいぶんと強引な流れであったが、ひとまずお試しで働くこととなった。

里親候補と暮らすお試し期間みたいなものだが、当日払いでバイト代が貰えたうえに賄いの食事まで付くという好条件だったので、断る理由がなかった。

＊

「これ、使って」

妙ママとお揃いのデニム素材のエプロンを支給され、首から掛ける。

店を開けるのは午後六時から十時まで、正味四時間ばかりの短い営業時間であるが、客と話が盛り上がったり、一緒に飲んだりした場合は店仕舞いが遅くなることもあるという。

営業時間の五分ほど前からぽつぽつと客が入り始め、いつの間にか満席に近い状態になっていた。客層は驚くほど偏っていて、すべてが三十代前後と思しき女性客だった。

皆、ふらりと独りでやってきて、妙ママと軽く喋った後、案内された席に座った。

1
絶望オムライス

店奥のどん詰まりにあるカウンター席には「RESERVED　—予約席—」というプレートが置かれ、空席となったその場所を除いて、三人の女性がカウンターに並んだ。三卓ある四人掛けのテーブル席にも各卓に三人しか座らず、必ず一席は空いていた。最大十六人の客が座れるはずだが、満席にはしない方針であるらしい。

普通のアルバイトであれば、どんな仕事をするのか最低限のレクチャーがあるはずだが、ほとんど何も説明されなかった。とにかく勝手が分からず、手際よく酒を注いでいる妙ママの隣で所在なく突っ立っていると、肘で小突かれた。

「表情が硬いぞ、西山君」

「はい、すみません」

知らぬ間に表情が引き攣っていたらしい。カウンター席に座るショートカットの女性が怪訝な顔をした。挙動不審なこいつは誰だ、と思ったのだろう。

「新人さん？」

「今日から入ってもらうことになった西山君。十八歳、めっちゃ若い」

「前の人は辞めちゃったんですか」

「店の売り上げを盗んで逃げた。ほんと、サイテー」

妙ママはあっけらかんと喋っているが、内容はけっこうに凄まじかった。開店前に妙ママがどんよりと沈んでいたように見えたのは、店の売上金を盗まれたからのようだ。

「被害届は出さないんですか」

「なんか、もういいやって。お布施したと思うことにする」

すべての席に酒を配り終えると、妙ママが声を張り上げた。

「金運上昇のつくねの黄金《こがね》焼きを作るけど、食べたい人、挙手っ！」

続々と手が上がり、店内にいる客の十二人全員が手を上げた。妙ママとカウンター越しに話している客を除けば、他の客は皆、驚くほど静かにグラスを傾けている。

「西山君は食べないの？」

「いいんですか」

「遠慮はいらない。食べて、食べて」

どうにも「小料理　絶」は定番のメニュー以外は、妙ママのその日の気分で食べられる料理が決まる仕組みであるらしい。店の売り上げを盗まれて妙ママ自身の金運が落ちているので、金運上昇の縁起メシであるつくねの黄金焼きを振る舞うことにしたそうだ。

「金運以外だと、どんな縁起があるんですか」

「家庭円満、恋愛成就、運気上昇、安産祈願とか、いろいろあるよ」

客のリクエストがあれば応じるが、それは次に来たときのお楽しみで、実際に食べられるかどうかの保証はない。

リピーターになるのは、妙ママの味と人柄に惚れ込んだ者だけ。

妙ママは料理の手順や材料について解説しながら、きびきび立ち働いている。鶏ひき肉、潰した豆腐、蓮根のすりおろしが入ったつなぎに調味料を入れ、よく練り混ぜたつくねを作り、小判型に形を整えた。フライパンに火を点け、中火で蒸し焼きにする。白っ茶けていたつくねの色が変わると裏返し、両面がこんがりきつね色になった。

これを焼き網に移し、半分に切ったスライスチーズを乗せる。溶いた卵黄を刷毛で塗り、弱火でちろちろと焼きながら、もう二度、三度と卵黄を塗り重ねる。香ばしい匂いを発したチーズがぷつぷつ泡立ち、透明感が出てきたところで、表面に焼き目をつけた。

「関西では鶏肉のことをかしわと呼ぶの。柏手《かしわで》を連想するから縁起が良いとされているし、小判の形にすると見た目も黄金っぽいでしょう」

小判型に象られた鶏つくねがこんがりと焼き上がり、黄金に見立てたとろけるチーズと卵黄で仕上げられた一品は、まさに黄金焼きの名に相応しい見た目だった。角皿に盛られたつくねをそれぞれの客に運び終えると、妙ママが試食させてくれた。

「どうぞ、召し上がれ」

アルバイトの最中、客の面前でこんなに堂々と食べていいのだろうかと思わなくもなかったが、遠慮しいしい箸を繰った。音をたてることにも細心の注意を払う。

スライスチーズが糸を引いたように伸び、適度な弾力のあるつくねがじゅわりと肉汁を滴らせながら裂ける。口に運ぶと、熱々のチーズが口蓋に張りつき、柔らかな鶏の食感とすりおろした蓮根のもっちりした食感が同時に襲ってきた。

「美味しい？」

口の中で熱さが爆発して、とにかく水が欲しくなり、なんとか我慢して咀嚼していると、口中に肉汁が溢れ、鶏肉や豆腐が織りなす複雑な味が染み渡ってきた。作り立てはさすがに熱々すぎて、すこし涙目になったけれど、文句なしに美味しかった。

「美味しいです」

「そう、良かった」

妙ママは満面の笑みを浮かべると、キッチンを離れ、テーブル席の余った椅子に腰掛けた。驚くほど静かだった客たちは妙ママが輪に加わった途端、喜々として会話に花を咲かせた。ひとしきり談笑すると妙ママは別のテーブルに向かい、三卓をぐるぐると回遊した。

妙ママのいないキッチンに独りで取り残されると、途轍もない居心地の悪さと心細さを感じた。

母に洋食屋に取り残された記憶までもがありありと蘇ってきそうで、首筋に冷汗が流れた。コップに水を注いで、慌てて飲み下すと、ようやく落ち着いた。

美味しい食の記憶は母との離別と分かちがたくセットになっており、油断ならない。

「これ、めちゃくちゃ美味しいです」

「ありがとう、七海《ななみ》ちゃん」

キッチンに戻ってきた妙ママに、ショートカットの女性が声をかけた。

「金運が上がるなら、司《つかさ》にも食べさせてあげたかったな」

「最近どうなの、彼との仲は」

「相変わらずです。アトリエにこもって絵ばかり描いていて、それ以外のことはさっぱり。私と同棲するまで洗濯機のボタンさえ押したことがなかったんですよ、あやつは」

妙ママがくすりと笑った。

「可愛いじゃないの、子供っぽくて」

「ボタンを押したら押したで、洗濯機の前で微動だにしなくなったんですよ。次のモチーフは洗濯竜《クリーニング・ドラゴン》にしようかな、なんてぶつぶつ言ってるし」

「七海ちゃんを描いてくれるんじゃなかったの？」

「人間は上手に描けないらしくて、しょっちゅう国立西洋美術館《セイビ》に出掛けて、『地獄の門』と『考える人』を写生してます。私、あんなにマッチョじゃねえし。ふざけんな、司」

空になったグラスを洗っていると、妙ママが話し相手のプロフィールを教えてくれた。

惚気たような毒を吐く彼女は、茶島七海《ちゃしまななみ》。

藝大出身の絵描きである蒼生司《あおいつかさ》と交際している。

照明ランプの隣に、緑色の森に佇む幻想的な青い竜の絵が飾られているが、あれは蒼生司の作品であるらしい。繊細で優しいタッチの絵は、この店と調和している気がした。

「彼の絵は素敵だと思うわ。私はとても気に入っている」

「そう言っていただけると嬉しいです」

七海がちらりと予約席のプレートを眺めた。

「ここっていつも空席ですけど、空けておかないと駄目なんですか」

「そうね、その席は特別なの」

妙ママがなんとなしに遠い目をした。

「私がこの店を始めるきっかけになった大切な人のために空けている。猫みたいにふらっとやって来て、ふらっと立ち去るけど、いつ来てくれてもいいようにね」

*

そろそろ営業時間の半ばも過ぎ、「小料理　絶」に暗黙のルールがあることに気がついた。席に座れるのは最大でも十二人であって、その上限を超えることはなかった。

ほとんどが常連のようで、長居する者はおらず、料理やお酒を楽しみ、ひとしきり妙ママと雑談するとあっさり帰っていく。席に余裕がない状態で新規客が訪れると、先に飲んでいた客が電車の席を譲るようにさっと席を立ち、入店と退店の均衡が惚れ惚れするほどスムーズに保たれた。

妙ママがキッチンにいるうちは安心していられたが、ひとたびテーブルの方へ談笑しに行ってしまうと、途端に不安が込み上げてくる。だいいち酒の名前が分からない。酒の注ぎ方もよく分からない。伝票はあるにはあるが、妙ママの走り書きが簡略過ぎて、お勘定がいくらになるかも分からない。「今日のお勧めはなに？」などと聞かれても答えられるはずもない。カウンター越しに話しかけられるたび、内心パニック状態であったが、ぼくは愛想笑いを浮かべ、空のグラスを洗うことに専念した。

「カシスオレンジ、ちょうだい」

グラスを洗う機械となって妙ママのいない時間帯をやり過ごしていたが、無粋な声には通用しなかった。それがカクテルの名前であるということだけはかろうじて分かるが、分かったところでどうしようもない。カウンターの端にいたのは男連れの二人客で、濃い化粧の巻き髪の女性は明らかに苛立っていた。

「ねえ、ちょっと聞いてる？　シカトしてんじゃねえよ」

妙ママに助けを求めようとしたが、こちらに背を向けて話し込んでおり、カウンター席の様子には気がつかない。おそるおそる振り向いたが、客と視線を合わせられずにいると、壁に掛けられた青い竜と目が合った。

「妙ママ、ちょっとキッチン借りるね」

無人の予約席の隣でスマートフォンの画面をチラ見しながらポテトサラダを食べていた

七海がすっと立ち上がり、助っ人してくれた。勝手知ったる我が家のように透明なグラスを用意すると、氷を入れ、カシスリキュールとオレンジジュースを注いだ。

「お待たせしました、カシスオレンジです」

七海はずいぶん手慣れた様子で接客した。巻き髪の女性はすでにこちらなど見ておらず、スーツを着た隣の男の太腿に手を置いて、息がかかるぐらい近くにしなだれかかっていた。

「今日、初めてなんでしょう。それじゃあなにも分からないよね」

隣に立った七海は案外に小柄で、ぼくの肩ぐらいの身長しかなかった。

「ありがとうございます。助かりました」

「妙ママ、話しだすと夢中になっちゃうからね」

「客が自分でお酒を注ぐのがここのシステムなんですか」

「そんなことないけど、忙しそうなときに手伝ったことはある。飲食関係でバイトしていたから、だいたいのことはできるし」

七海は自席のグラスと小鉢を下げると、手早く拭いた。

「片付けちゃってよかったんですか」

「司を誘ったけど、既読にもなりゃしない」

七海がやさぐれたように言った。恋人の蒼生司を誘ったが音信がなく、まだ店に居残ってくれていたのが幸いだった。

「なんで、ここでバイトしようと思ったの？」

「成り行きです」

求人の張り紙は見たが、ここで働こうなどと考えてはいなかった。かつて、ここにあったはずの洋食屋がどうなってしまったのか知りたかっただけだ。

「私、探偵事務所でバイトしてたことがあるの」

七海がぼそりと呟いた。

「ミステリー小説が大好きな友達にお勧めのミステリーを布教されまくって、その影響で書店員をやって、探偵事務所でも働いた」

「それも成り行きですか」

「そうそう。成り行き、成り行き」

七海はおもむろに「ＲＥＳＥＲＶＥＤ　―予約席―」と書かれたプレートに目をやった。

「そこの空席がすごく気になるんだよね。なんだか謎《ミステリー》の匂いがすると思わない？」

「直接、聞いてみたらいいんじゃないですか」

「妙ママ、なんか微妙にはぐらかすんだもん」

四人掛けのテーブル席に三人までしか座らせないのは、妙ママがお喋りしにいくための措置であろう。しかしカウンター席であれば、カウンター越しに喋ればいい。わざわざ席を余らせておく理由はない。言われてみれば確かに奇妙な気がした。

「猫みたいにふらっとやって来るって言ってましたね」

「もしかして本物の猫が来るとか？」

「大切な人だとも言ってましたから、猫ではないんじゃないですか」

「だから誰なの、それ。めっちゃ気になるんですけど」

七海は妙ママの大切な人が気になるようだが、ぼくは洋食屋の末路が気になった。店の中に入ってみて、ここは母と生き別れた洋食屋であったことにほぼ確信が持てた。

五歳かそこらの記憶だから、細部はほとんど正確ではないだろうが、キッチンを見渡せるカウンターに座ったことを覚えている。今は予約席のプレートが置かれているどん詰まりの席に座り、足は地面に届きもしなかった。黒いフライパンこそないが、四つ口のコンロ、大きな冷蔵庫、食洗器など、洋食屋の名残りをそのまま受け継いでいるように思える。

幼い目にはそうと映らなかったが、こんなにもこじんまりした店だったのか、と驚いた。オムライスを作ってくれたおじいさんも、子供の目におじいさんと映っただけで、そんなに年を召していたのかさえ定かではない。

何もかもあやふやな中で、唯一はっきりしているのはオムライスの美味しさだけだ。

「ここのお店って、いつからあるんですか」

「さあ、いつからだろう。私、たいして常連じゃないから」

「めちゃくちゃ常連感が漂っていますけど」

「そうね。ここは家庭的《アットホーム》というより、家そのものだもの」

仕事を放り出して妙ママがお喋りに興じてしまっても、客の多くが目くじらを立てないのは、ここが「店」ではなく、「家」だと認識しているからであるらしい。

「文句を言う客もいてね。女将が常連客と喋ってばかりでサービス業の自覚無し。こんな店、早く潰れればいい、とかネットに書き込むクレーマーもいたの」

誰も彼もがグルメ批評家となり、ちょっとでも気に食わない点があればグルメサイトに好き勝手な感想を書き込めるご時世にあって、「小料理屋　絶」のスタイルに反感を覚える者もいるだろう。

ただ、辛辣な感想を書き込んでしまう人の心が狭いとは思わない。

お試し期間で里親候補と暮らしたとき、ぼくは「家」に馴染めなかった。

心の底から親しみを込めて、パパ、ママ、と言えたことなどない。

その家に馴染もうとしても馴染み切れず、疎外感だけが募る気分はよく分かる。家に憧れを抱きながら、真の意味で家の一員になれない拗《こじ》れた気持ちは、どうしようもない。

妙ママの営む家で、客たちは朗らかに笑っている。

ぼくは愛想笑いを浮かべるのが精々で、思い出の洋食屋が様変わりしてしまったことに失望を隠せない。楽しげな笑い声を耳にするたび、そこはかとなく居心地の悪さが押し寄せてくる。

さっきから一向に時間が経過しているように思えず、時計の針はおそろしくゆっくりと流れている気がした。

＊

「妙ママ、ご馳走さま。また来るね」

終業時間が迫ると、客が席を立ち始めた。会計を終えた客が名残惜しそうに妙ママと別れの挨拶を交わし、店を後にする。酔い潰れてしまう客もおらず、粘りに粘って店に居続ける迷惑な客もいない、平穏な終わりだった。

「七海ちゃん、手伝わせちゃってごめんね」

「とんでもない。いっぱい喋れて楽しかったです」

最後まで手伝った七海の顔がにやついている。どうにも恋人の蒼生司から返信があったらしく、「ごめん。今、起きた」との連絡があったようだ。アトリエにこもって一心不乱に絵を描いている司は絵具が乾くまで仮眠することがあり、気がつけばアトリエで寝落ちしていることもしょっちゅうだという。

「少ないけど、今日のバイト代」

妙ママが日当を払おうとすると、七海が慌てて固辞した。

「受け取れません」

「いいから。貰って」

日当を受け取る、受け取らないで押し問答が続いた。

「私、今日の支払いもしてないし」

「いいわよ、それぐらい」

本日の飲食費の支払いでも揉めた。代金を支払おうとする七海と、受け取りを固辞する妙ママのやり取りは堂々巡りだった。

「じゃあ、これは西山君に渡すわ」

妙ママは七海に渡そうとしていた日当をぼくに寄越した。バイト初日のぼくはまごついていただけで、ほとんど何の役にも立っていなかった。狭いキッチンでは動きの邪魔になるばかりで、ぼくなど存在しない方がよほど円滑に業務が回っただろう。

「え……と……」

困ったことに、たいへん受け取りづらかった。きちんと戦力になっていた七海が日当を受け取らないのに、ぼくがおいそれと受け取れるはずはなかった。

「それじゃあ、こうしましょう」

ぼくが受け取りを渋っていた日当を七海が受け取った。封筒に入っていたのは、五千円札が一枚。七海はそこから本日の飲食費を支払い、余った千円ちょっとがぼくのアルバイト代となった。

七海は飲食費が無料になり、ぼくはちょっとしたお小遣いを貰え、妙ママの懐も痛まない、三方が丸く収まる円満な解決であったと思う。

「そろそろ帰ります。あ、雨……」

七海が扉を開くと、叩きつけるような雨音が聞こえた。

「七海ちゃん、傘は？」

「大丈夫です、駅まで走るんで！」

そう言うなり、七海は猛然と走り去っていった。妙ママが外まで見送りに行き、その間、扉は開け放たれていた。冷たい夜風が忍び込んできた。

「根が体育会系よね、七海ちゃんって」

扉を締め切っても、ひんやりとした空気が首筋にまとわりついて離れない。

「高校ではソフトボール部のエースだったんだって」

「そうなんですか？」

「高校二年生のときに肩を壊して、引退するまでずっとリハビリしていたらしいの。通っていた整形外科が司君の伯父さんで、リハビリ室にあの竜の絵が飾られていたみたい」

鶴見北高《キタコー》校女子ソフトボール部エースの七海は浮き上がる直球《ライズボール》を武器とする剛腕で、実業団や強豪大学からスカウトが視察に訪れるほどの実力があった。

しかし、ライズボールは肩に負担のかかる魔球でもある。

七海は大一番の夏の大会でライズボールを多投し、右肩腱板を断裂した。

辛く、苦しいリハビリの最中、心の支えとなったのが蒼生司の絵であったという。リハビリを乗り越え復帰したが、どうしても最盛期の球威は戻ってこなかった。スポーツ推薦での進学はふいになり、今はいくつかのバイトを掛け持ちする日々だそうだ。

「だんだん絵を描いた本人が気になるようになって、七年ぐらいずっと片想いしてたって」

「七年……」

そんなに長く、よく一人の人を思い続けられるなと思ったが、なんのことはない。ぼくは十年以上も母を探している。

「そうか。七年も片想いする絵か、って聞いたら、拝みたくなるよね」

「絵を描いた本人に会ったことはあるんですか」

妙ママに訊ねると、さほど親しくはなさそうな返事があった。

「絵を飾るときに一回、顔を合わせたぐらいかな。彼、お酒を飲むと、すぐ眠くなっちゃう性質らしくて、なかなか遊びに来てくれない」

土砂降りの雨がいよいよ激しくなり、窓越しに雷が轟いた。

「西山君はどこに住んでるの？」

絵に見惚れたふりをして聞き流すと、それ以上の追及はされなかった。

「小降りになるまで、もうちょっとここにいなよ」

「はい」

妙ママは冷蔵庫の中身を確認し、こちらに振り向いた。

「お酒飲めない年齢だったっけ。ノンアルコールはオレンジジュースぐらいしかないけど、それでいいかな」

「はい、ありがとうございます」

カウンター席に座るよう促され、妙ママがオレンジジュースを注いでくれた。

妙ママはぼくの隣に腰掛け、心持ち椅子を寄せてきた。

二人きりの間には奇妙な沈黙が横たわり、雨音だけが耳にこだます。

この状況には、どこか既視感があった。

母に置き去りにされた、あの日……。

お客がだれもいなくなった洋食屋で、オレンジジュースを飲ませてくれた光景と瓜二つに思えた。

そうと思った途端、妙ママがあの日の母に重なって見えた。

頭が真っ白になって、自分もまた幼いあの日に逆戻りした錯覚に陥った。

喉がきゅっと閉まり、呼吸が苦しくて、喘息になったみたいにぜえぜえと息が切れる。

幼いぼくは縋《すが》りつくように泣きわめき、必死になって母を引き止めた。

「ママ、いかないで、いかないで」

「ちょっと、どうしたの」

母はぼくの手を振り解《ほど》こうとするが、何があろうと行かせてはならない。このまま洋食屋を出たら、母は殺されてしまうのだから。

「落ち着きなさい、急にどうしたの」

「ママ、いかないで、いかないで」

必死になって訴えると、母がやさしく背中をさすってくれた。

「西山君、落ち着いて。いちど深呼吸してみましょう」


……に、し、やまくん？

だれだろう、それは。

ぼくは……ぼくはだれだ。

ぼくは……タク。

洋食屋に置き去りにされた子供。

母を見殺しにした子供。

大きく息を吸い、そして吐き出す。

何度か繰り返すうち、徐々に落ち着きが戻ってきた。しかし、いったん頭の中で再生されてしまった映像はなかなか消え失せてはくれない。下手に落ち着いてしまった分だけ、母に待ち受ける悲劇を冷静に眺めてしまう。

「ママ、これからパパと話してくるから。いい、ここで少しだけ待っていてね」

そう言い残したきり、母はぼくを迎えに来ることはなかった。

施設に入って間もないうちは母の言葉を疑うことなく、そのまま言葉通りに受け取った。しかし時間が経つにつれ、あの言葉の先にどんな恐ろしい未来が待ち受けていたかをありありと想像できるようになった。食事の際に音をたてたぐらいで子供を殴りつける父と、まともに話し合いができたとは考えられない。

もしかすると、母は殴り殺されてしまったのではないか。

ぼくを迎えに来ないのではなく、迎えに来れなかったのではないか。

母を引き止めなかったせいで、母を殺した。

そんな後悔が深層に刻まれ、だから母を探すのだ。

ぼくは母を殺していない。

ぼくは人殺しではない。

間接的であれ、母を殺したと認めたくないがため。

ただひたすらに免罪されたいがため。

およそ希望はないと知りながら、それでも母の無事を確かめるのを止められない。

窓の外では、いつまでも止まない雨が降り続けていた。

「西山君、大丈夫？」

平静を取り戻すと、自分のしでかしたことの意味が理解できた。

酒に酔ってさえいないのに、いわんや、酒を一滴さえも飲んでいないのに、弁解のしようもない醜態を晒した。いきなり妙ママに抱きついたりして、たいへんに気まずかった。

抱きつかれた側である妙ママは意に介した様子もないが、気恥ずかしさが次から次へと襲ってきて、一秒でも早くこの場から消えたかった。

「あの……、すみませんでした。か、帰ります」

飛び出すように扉を開ける。

雨はいよいよ強くなり、雷鳴は暴れる竜のように唸りをあげた。

「どこに帰るつもり？」

「え、駅……」

脇目も振らずに走り出そうとすると、ビニール傘を一本引っ掴んだ妙ママが追いかけてきて、庇の下で静止された。

「そんなに急がなくたっていいじゃない。送っていくわよ」

妙ママは扉を施錠すると、ビニール傘を開いた。ずぶ濡れになるのも構わず、走って逃げ去りたい気分であったのに、妙ママに連行されるように並んで歩いた。

ひとつの傘ではどしゃ降りの雨を完全には避けようもないが、傘を持つ妙ママの側に身を寄せるわけにもいかない。傘からはみ出た半身は容赦なく濡れ、安物のスニーカーは水を含んで、ぶくぶくと膨張した。

西小山駅までは一本道で、歩いて二分とかからぬ近さのはずなのに、異様に遠く感じた。水を吸った服はずしりと重くなる。鼠色に変じた靴はちゃぽちゃぽと音をたてる。

ようやく駅前広場に着き、妙ママがビニール傘を畳んだ。

「西山君、次のシフトはいつにする？」

お試しバイトはわずか四時間で終焉を迎えたはずなのに、次を求められた。

次なんて、ない。

あの日、洋食屋を出た母はきっと殴り殺されてしまったのだ。

自分が母を殺したのだ、という罪の意識を背負いたくないがため、いつまでも未練がましく思い出の洋食屋を探した。それも、もう終わりにしなければならない。

「記憶にある洋食屋ではなくなっていたけれど、ぼくが保護されたのはきっとここだったのだと思います。お世話になりました」

それ以上は言葉にならず、涙のような雨が頬を伝う。

母の面影と重なる女性に向かって深々と会釈をして、踵を返す。

ようやくぼくは母の亡霊と決別できたのだと思うと、晴れがましい気分だった。

改札を抜け、エスカレーターに乗り、地下一階へ向かう。エレベーターの裏に設置されたコインロッカーに鍵を挿し、身の回りの荷物を詰め込んだキャリーバッグを取り出す。

妙ママに「どこに住んでいるの？」と訊ねられたが、咄嗟に答えられなかった。

ぼくには家《ホーム》なんてないのだ。ネットカフェに寝泊まりし、当日払いのバイトで食い繋ぎ、思い出の洋食屋を探して右往左往していただけの流れ者だから。

さて、これからどこに向かおうか。

行く当てなんかなかったけれど、キャリーバッグをごろごろ転がして、駅の乗降場《ホーム》に向かって歩き出した。目黒線の路線図の前で立ち止まり、どこの駅で降りようか算段する。

西山匠海となる前の幼い自分に別れを告げた今、どこで途中下車したって構わなかった。

「そんなことだろうと思った」

振り返ると、見るからに苛立ちを滲ませた妙ママが仁王立ちしていた。

「え……と……」

「あなたを殴る人は、ここにはいない」

妙ママはぼくを真っ直ぐに見据え、きっぱりと言い切った。

「私はずっとここにいる。どこにも行かない」

ママ、いかないで、いかないで、と懇願したのはぼくだ。

そんなことを言っておきながら、あっさり立ち去ろうとした。

妙ママからすれば、まったくもって意味不明だろう。

あの日と同じように、保護しなければまずい子だと思われたのかもしれない。

「もういちどだけ聞くわよ、西山君。どこに帰るつもり？」

＊

帰るところなんて、ないです。

ぎりぎりまで出かかった言葉が喉に引っ掛かって、だんだん息苦しくなってきた。

項垂《うなだ》れたままずっと黙りこくっていると、電車の到着を待つ乗客たちにじろじろ見られているのが分かった。濡れそぼった服を着て、キャリーバッグを後生大事に抱えたぼくは、家出に失敗した非行少年のように見えるのだろうか。

電車が駅のホームに到着しては、すぐに走り去っていく。

何本もの電車を見送るうち、妙ママが痺れを切らしたように言った。

「いつまで黙っている気？」

無言、それこそが答えなのだ。

短く切った髪から、雨の滴がぽたぽたと垂れた。

「ああ、もう。はっきりしないわね」

ぼくは有無を言わさず連行され、無理やりに歩かされた。改札の方へと逆走し、西小山駅を出て、元来た道を引き返す。妙ママは傘さえささず、雨に濡れるのなどお構いなしだった。ぼくを逃がさぬよう、がっちり確保したまま、迷いのない足取りで「小料理　絶」の店前を素通りした。

「どこに行くんですか？」

「帰るのよ」

どうにもぼくは妙ママの逆鱗に触れたらしい。接客時に垣間見せた優しい声音ではなく、抵抗することなど許されぬ怒気を孕んだ声だった。

無理やりに歩かされ続けるうち、気がついた。

妙ママの不快さを露わにした態度は、機嫌を損ねたときの父と同じ匂いがした。

これは殴られる前触れだ。そうに違いない。

ぼくは父には散々殴られたけれど、母には殴られたことがなかった。

でも、その記憶もこれから書き換えられるのだろう。

一歩、また一歩と歩くたび、泥沼に足を踏み入れているような感覚があった。

妙ママの住む「コーポ・江戸見坂」は、西小山駅から歩いて五分とかからぬ閑静な住宅街にあった。江戸見坂交番の手前を折れた先にあり、小山八幡神社の境内を仰ぐ坂道の中腹に建つ古めかしい集合住宅は蔦が絡んだコンクリートの打ちっぱなしで、どことなく収容所を思わせるおどろおどろしい雰囲気が漂っている。

こんなにも近い場所に交番があるが、どうせなんの助けにもならない。

迫りくる暴力を前にして無力感に襲われる諦めの境地は、幼い日々に嫌というほど教えられた学習の賜物だ。感情を殺して作り物の笑顔さえ浮かべておけば、いつか嵐は止むのだと知っている。身体を濡らす雨ごとき、何程《なにほど》のこともない。

妙ママが玄関扉を開けたが、ぼくは硬直したまま立ち尽くしていた。

「どうしたの、入って」

声こそ落ち着き払っているが、妙ママの目は笑っていない。

幼かった日、ぼくには選択肢が無かった。

殴られても甘受するしかなく、逃げ出すことなど叶わなかった。

でも、ぼくはもう無力な子供ではない。嫌なことには嫌だと声をあげることができる。

「やっぱり殴るんですか？」

玄関先で立ち竦んだまま、震える声で言い返した。

人前で殴られたことはない。

殴られるとしたら、「家」の中だった。

「なんで、そうなるかな」

呆れたような溜息に、どんな意味合いがあるのか理解できなかった。

妙ママはぼくを無理やり室内へ引っ張り込み、玄関に押し倒した。

馬乗りになられ、両腕を押さえつけられ、やっぱり殴られるんだと覚悟した。

妙ママが拳を振り被り、ぼくは思わず目を瞑った。

しかし、いつまでも殴られる衝撃はやってこなかった。

「殴られる以外の想像ができなかった？」

おそるおそる目を開けると、ほとんど目と鼻の先に妙ママの顔があった。

「私は君を殴らない。言葉で言っても分からないかな」

妙ママはぼくの目からこぼれた雨を指で拭った。さっきまでまったく笑っていないように見えた目が薄っすら笑っている。どうして笑うのかも、さっぱり分からなかった。

「いっしょに暮らしてみないと分からないです」

面接のとき、妙ママは男を見る目には自信があると言った。

殴る男かどうか確かめるには、「いっしょに暮らしてみないと分からない」と答えた。

その言葉をそっくりそのまま返すことにした。

口先だけならなんとでも言える。

妙ママが「殴る女」ではない、という保証はない。

「じゃあ、試しに住んでみる？」

「はい」

即答すると、妙ママが腹を抱えて大笑いした。

「なんで笑うんですか」

笑われる理由がまったく思い当たらず、コンクリートの天井にも答えは書いていない。

妙ママの笑い声だけが室内にこだましている。

「今日会ったばっかりで、いきなり同居か。人生史上最速だわ」

「そんなに変なことですか」

素直な疑問を呈すると、妙ママに頬っぺたをつねられた。

「もしかして、いろんな女の家を渡り歩いてたりするの」

「同居には慣れてます。里親候補の家をあちこち転々としたので」

しかし、どこの家でも本心から安住できたことなどなかった。唯一無二の家では殴られた。他人の家では煙たがられた。施設はそもそも家ではなかった。

「そっか、ごめん」

妙ママの笑い声が急に収まり、室内は水を打ったように静かになった。

急に怒ったり、急に笑ったり、急に静かになったり、女性の情緒は忙しいなと思えた。

「なんで謝るんですか」

「君は質問ばっかりだね」

妙ママはちょっとうざったそうに溜息をついた。

「タクミじゃなくてタＱミだね」

「それ、どういう意味ですか」

「疑問《クエスチョン》ばっかりだから、クエスチョンの頭文字をとってＱ……、って、そこ解説必要？」

「その聞き方も疑問形じゃないんですか」

「うるさいぞ、Ｑ」

純粋な疑問ではなく、半疑問《セミクエスチョン》ぐらいのものだ。Ｑと呼ばれても自分のことだと思えない。

「Ｑは嫌です」

「だったら、なにがいいの」

「……タク」

生まれつきのぼくは、おそらく西山ではなく、匠海でもなかった。

忘れじの母には、ただタクとだけ呼ばれていた。それだけは忘れない。

ぼくを救ってくれたオムライスの味と母が呼んでくれた愛称だけは、何があろうと忘れたくはなかった。

妙ママの住む部屋は、キッチンと寝室があるだけのシンプルな造りで、玄関脇にお風呂があった。壁紙は白く清潔で、あまり長く住んでいる印象はない。キャリーバッグの中から着替えを取り出していると、浴槽にお湯を張り終えた妙ママに声をかけられた。

「ちゃんとお風呂に入りなさいよ。バスタオルはそこ。濡れたのは洗濯機に入れちゃって」

浴室でシャツとズボンを脱ぎ、雑巾を絞るように水を絞った。ずしりと重かった服がだいぶ軽くなり、言われたとおり洗濯機に入れる。下着まで入れていいのか一瞬迷ったが、服の下に隠すようにして、こそっと紛れさせた。

浴槽のお湯はかなり熱かった。ネットカフェでシャワーを浴びるだけの生活をしていたので、久しぶりに風呂に浸かった気がした。洗面台にシャワー、シャンプー、リンス、ボディーコンディショナーなどが並んでいるが、どれを使っていいのかも分からないので、結局シャワーを浴びるだけで済ませた。

風呂上がりに髪をごしごし拭くと、ドライヤー要らずですぐに乾く。柔らかい肌触りの白いバスタオルはなんだかいい匂いがした。

さっさと浴室を出ると、キッチンの方から紅茶の芳香が漂ってきた。

「早過ぎよ。ちゃんとお風呂に入りなさいって言ったじゃない」

「ちゃんと入りましたけど」

妙ママだって雨に濡れたままだから、のんびり風呂に浸かっているほうが迷惑ではないかと思うのだが、なぜだか叱られた。妙ママが作っていたのはハニージンジャーティーで、生姜を熱湯で溶かし込み、紅茶のティーバッグを入れ、仕上げに蜂蜜を加えたものだった。

「これでも飲んで、適当に寛いでてよ」

「ありがとうございます」

キッチンカウンターのスツールに腰掛けて、ハニージンジャーティーを啜った。ずぶ濡れだった身体はお風呂のおかげで温まっていたけれど、蜂蜜の程よい甘みと生姜のぴりっとしたスパイスが合わさった一杯を飲むと、身体の芯からぽかぽかと温まった。

入れ替わりに妙ママがお風呂に入っている間、手持無沙汰だったので、室内を見回した。小ぶりの本棚には、ずらりと料理本が並んでいる。キッチン周囲はよく整頓され、調味料は綺麗に陳列されている。

半面、寝室はあまり気を遣った風ではなく、布張りのソファベッドに星柄の刺繡のあるブランケットがぐじゃっと丸めて置かれていた。

壁掛けのコルクボードに複数枚の写真が飾られているが、どれも「小料理　絶」で撮った客とのツーショット写真であった。しかしそのなかで一枚だけ、食事している客をそのまま写したものがあった。

茶島七海がしきりに気にしていた例の予約席に座って、蕩けるような極上の笑みを浮かべているのは栗色の髪をした美しい女性だった。まるでプロの写真家が撮ったような非の打ち所のない完璧な微笑、すっきりと通った鼻梁、思わず吸い込まれてしまいそうな瞳は、どこか天使を思わせる華があった。

コルクボードのど真ん中に配されたその一枚は、なんとなしに特別待遇のような扱いで、この女性こそが妙ママの大切な人なのだとはっきり分かる。

写真の片隅に流麗なサインがあるが、崩された字が何語かも判別できないほどに滑らかで、さっぱり読めなかった。いったい、この女性は誰なのだろうと思っていると、スウェットに着替えた妙ママが浴室から出てきた。湯気がまとわりついており、バスタオルで頭を拭いている。

「この人、誰ですか」

コルクボードを指差すと、バスタオルを首に掛けた妙ママが近寄ってきた。

「ああ、この写真ね。ほんと嫌味なぐらい写真写りが良いのよね。さすがは女優って感じ」

「……女優？」

「けっこう有名だと思うけど。ドラマとか映画はあまり見ない？」

「ほとんど見ないです」

「でも名前ぐらいは聞いたことあるんじゃない」

妙ママはハニージンジャーティーを作り、カウンター越しにぼくを見た。

「霧島綾《きりしまあや》。代表作はなんだろう。まあ、いろいろ出演してるよ」

「知ってます」

思った以上のビッグネームで、名前ばかりはさすがに聞いたことがある。

「長い付き合いなんですか」

「そうでもない。綾がデビューしてからだから十年ぐらい」

「じゅうぶん長いと思いますけど」

「幼馴染とかではないし、そこまで深い仲ではない」

妙ママの言い草には、ちょっぴり寂しそうな響きがあった。

「でも大切な人なんですよね。その人のためだけにずっと席を空けているぐらいだから」

「なんで、そんなこと知ってるの？」

「七海さんと話していたのを聞いていました」

妙ママは二脚あるスツールの片方に腰掛け、ジンジャーティーに口をつけた。

「カウンターの端っこの席が落ち着くみたいでさ。いつもふらっと来て、あの席が空いてないと帰っちゃうの。でも自分が座るために他のお客さんに退いてもらうのは嫌みたい」

妙ママが困ったような笑みを浮かべた。

「特別扱いしないと拗ねるくせに、特別扱いするとふつうに接してほしいのにって拗ねる」

「どっちにしろ拗ねるんですね」

「そう、ほんとうに我がまま。前世は間違いなく猫だね」

妙ママのなかで霧島綾という女優が特別な席を占めていることは分かった。

しかし、彼女を特別足らしめている理由は定かではなかった。

「初めて会ったとき、綾はまだ十八か十九歳ぐらいだったかな。私はメイクのアシスタントをしていた。綾は高校二年生でデビューしてすぐに人気が出て、ちやほやする大人がいっぱいいいた。私は歳も近かったし、気楽にタメ口で話していたら、妙に打ち解けて懐かれたの」

霧島綾より妙ママのほうが四歳ほど年上であったが、楽屋や撮影待ちのロケバスの中で、学校の同級生のように喋っていたという。

「お妙《たえ》は話しやすくて好き。どうでもいい人にちやほやされるより、好きな人にちょっと雑に扱われるぐらいがいいんだよね、なんて言ってた」

妙ママは静かにジンジャーティーを啜ると、しばらく遠い目をした。

スツールが悲鳴をあげるようにぎしりと軋んだ。

「綾は三人姉弟の長女なんだけど、交通事故で父親を亡くしていて、ひと回り年の離れた双子の弟を育てるお金が必要だった。そういう状況で、大手自動車メーカーからCMのオファーがあったの」

霧島綾は某自動車メーカーの御曹司に気に入られ、CMに起用してあげるから俺と食事してくれ、としつこく言い寄られたという。

「食事というのは建前、早い話が愛人契約ね。主役級の女優の間では、そのお坊ちゃまは女をアクセサリーとしか思っていない勘違い野郎という悪評が立っていた。ほんのちょっとでも機嫌を損ねると暴力を振るう、ともっぱらの噂だった」

「殴る男……」

ぼくがぽつりと呟くと、妙ママが深く頷いた。

「綾もオファーを受けるかどうか悩んでいた。お妙、どうしたらいいと思うって相談されたけど、どっちを選んだところで悪い未来しかなかった」

オファーを受ければ、交通事故で父親を亡くした娘が車の宣伝をするという皮肉になる。オファーを断れば、いくらでも替えの効く駆け出しの女優など、すぐ干されるだろう。

「どんな風に答えたんですか」

「綾のなかで答えは出ていたんだと思う。私に聞くまでもなく」

妙ママの愛情深い目がコルクボードの写真に向けられた。

「双子の弟にいつでも胸を張れるお姉ちゃんでいてほしい。権力を持っただけの安っぽい男に魂を売り渡しちゃいけない。私はあなたの生き様を支持する。もし仕事がなくなったら、私もいっしょに干される。そんなようなことを言ったかな」

霧島綾は、しつこく言い寄ってくる御曹司にこう啖呵を切ったという。

「あたし、運転免許を持ってないんです。それに父が飲酒運転の車に追突されて亡くなっているので、死んでも自動車メーカーの宣伝をするつもりはありません」

霧島綾が語ったことはすべて事実であったが、世のなかで思い通りにならないことなどなかった御曹司は激怒した。あの女優は生意気で扱いづらいと悪評が立ち、彼女をちやほやしていた連中は潮が引いたように去っていった。

霧島綾はしばらく出演作に恵まれず、作品はこぞって批評家から酷評された。

仕事を干されている間、舞台に軸足を移して演技力を磨き、移り気な世間が悪評を忘れるまでじっと耐えた。

霧島綾の背中を押した妙ママもメイクの仕事を辞め、一緒に泣いたという。

「直接は殴らなくても、権力でぶん殴ってくる卑劣なやつもいる。でも、いつまでもそんなやつのことを恨んでも仕方がないから、なにか縁起の良いものを食べて忘れようとしたの。それで縁起メシに辿り着いたわけ」

「なるほど、そういう流れだったんですね」

「縁起メシは私が提唱したものでもなんでもない。日本人が食に対して育んできた文化で、私はそれを料理教室で習った。私は日本食のプロでもなんでもないから、自分の作れるようにアレンジして小料理として出している」

メイクの仕事から小料理屋に鞍替えした妙ママが、霧島綾という女優のためにいつでも席を空けている理由がよく分かった。料理を始めたきっかけであり、心の底から喜ばせたい相手のために日夜、新メニューを開発しているのだろう。

「なんだか美しい関係ですね」

「ぜんぜん。最近は顔も見せやしない」

妙ママが子供っぽく唇を尖らせた。

「でも、もう来ないだろうと思っていたら突然来るんですよね」

「そう！　こっちは振り回されるばっかり」

分かってくれるか、とばかりに妙ママが意気込んだ。

「あたし、日本食より洋食のほうが好きなんだよね。お妙、次は美味しい洋食を作ってよ、とか言いやがるし。縁起メシのベースは日本食だっつーの」

「霧島さんは料理はしないんですか」

「あいつは食べる専門。器用だし、映画やドラマで天才シェフ役とかやってるから、包丁はけっこう使えるけど」

すっかり冷めたハニージンジャーティーを啜ると、妙ママが威勢よく立ち上がった。

「タクの縁起メシはオムライスなんでしょう。綾がいつ来るか知らないけど、めちゃくちゃ美味しいオムライスを食べさせて唸らせてやってよ」

＊

妙ママとの同居生活を始めて、一週間ばかりが過ぎた。

昼は料理の仕込みを手伝って、夜に「小料理　絶」の営業を手伝い、寝起きを共にする。いろいろと試食させてもらえるので食費はかからないし、家賃も無料にしてもらっている。そのうえ、月に数万円のお小遣いまでくれた。

妙ママは殴る女ではなかったし、食事のときにちょっとぐらい音をたててもまったく怒らない。夢みたいに穏やかな日々に、不満のひとつもなかった。内心、どうしてこんなに良くしてくれるのだろうと思ったが、寝しなに妙ママが言った。

「お店でお客さんと喋っているときは時間を忘れるぐらい楽しいのに、営業が終わって真っ暗な部屋に帰ると、虚無感に襲われるの。そういうことってない？」

「よく分からないです」

虚無感とはどういう感情なのか、ぼくには正直よく分からなかった。

辞書的な意味合いによれば、すべてが空しく感じること、何事にも意味や価値が感じられないような感覚を指すようだが、父に殴られていた日々はただただ恐怖であったから、あれはおよそ虚無ではない。では施設で暮らした日々はどうかと振り返ると、色のない無彩色の世界で過ごしていたような感覚がある。

あのときに感じていた感情は空しさだったのか、なんとも捉えがたい。

妙ママとひとつ屋根の下に暮らしてみて分かったことと言えば、殴る女ではなかったが、抱きしめる女だった、ということ。

「殴るやつはヤバいけど、殴るのと抱きしめるのがセットになるやつはもっとヤバいから」

私は殴ってないし、抱きしめるだけならオーケーでしょう、とばかりに妙ママは添い寝を正当化しようとするが、狭いソファベッドで抱き枕のように添い寝されると、寝苦しいときがある。けど、ちょっと寝苦しいぐらいだけなら我慢する。殴られないなら、なんでもいい。

「タクの思い出のオムライスって、どんなオムライスだった?」

「……どんな?」

妙ママは眠る前もお喋りだが、微睡《まどろ》みにあるぼくは半分ぐらい眠っている。

「オムライスって、お店によってけっこう違うのよ」

「……へー」

「ちょっと聞いてるの?」

睡魔に襲われながら、あの日に洋食屋で食べたオムライスのことを思い返した。感銘的な味であったことだけは覚えているが、なにせ五歳かそこらの記憶だから、ところどころが断片的だ。

鮮明に覚えていることと言えば、黒いフライパン、オレンジ色のお米、白い皿、黄色い卵、焦げ茶色のどろっとしたソース……。

「まずはいろんなお店のオムライスを食べ比べてみようか。作るのはそれから」

「……はい」

眠りながら答えると、優しく髪を撫でられた。

妙ママの腕に包まれていると、なぜだかすぐに眠くなる。

身構える必要がなくて、ここは安全だと思えるからなのかもしれない。

＊

週にいちどの定休日と、仕込みの合間を利用して、方々のオムライスを食べ歩いた。

客席から見える厨房《オープン・キッチン》のときはなるたけ料理人の動きを観察して、見えない厨房《クローズド・キッチン》のときは、見た目と味だけに集中した。最初のうちは卵をくるりと回転させる名人芸だけに目が行きがちだったけれど、黒いフライパンを持つ左手は素手ではなく、厚手の布巾で包んで持っていることに気がついた。

「素手で持ったらだめなんですか」

「熱くて持てないわよ。料理をしたことがないと、そういうことも知らないのね」

「ぜんぜん知らなかったです」

黒いフライパンは鉄製で、柄の部分も鉄でできているから、布巾などで包まなければ熱くて持てないらしい。卵を流し入れて、がしゃがしゃとかき混ぜてオムレツを作る手並みは、どの店の料理人もテレビの早送りを見ているように手早かった。

洋風の卵焼きがオムレツで、チキンライスやバターライスをオムレツで包んだり、乗せたりすればオムライスになる。

美味しいオムライスが作りたくば、まずはオムレツを上手に作れねばならないようだ。

「どうしてオムレツって言うか、知ってる？」

「知らないです」

「スペインの王様が領内の見回りに出たとき、お腹がすいて、付き人になにか食べさせてくれるよう求めたの。うまい具合に一軒の農家があって、そこのお百姓が卵を割って、手早く卵焼きを作って差し上げた。王様はいたく感心して『なんと手早い男か《ケル・オム・レスト》！』と仰った。それが縮まってオムレットになった、という逸話があるみたい」

「それ、本当なんですか」

「嘘か本当かは別として、この逸話には二つの真理がある」

妙ママの蘊蓄は和食だけに止まらず、洋食にも及ぶようだった。

「一つ、オムレツは手早く焼かなければいけない」

「もうひとつは？」

「一つ、焼いたらすぐに食べなくてはならない」

オムレツを作る手際が忙《せわ》しないのは、宿命であるようだった。

ひと口にオムライスと言っても、店によっていろいろなヴァリエーションがあった。

宇宙船みたいにこんもりとした卵のてっぺんにグリーンピースが乗っかり、デミグラスソースがかかった花咲オムライスは思い出の味とは違う気がした。ソースがとにかく濃くて、海苔の佃煮のように流動性がなく、これはこれで美味しいが食べ進めると飽きがきた。

「ソースはもうちょっと、さらっとしていたような気がします」

「こっちはオーソドックスなやつね」

巻きオムライスを頼んだ妙ママと皿を交換して試食する。

卵にケチャップソースがかかっていたが、卵は心なしか硬く、ケチャップも酸っぱすぎる気がした。

「卵はもうちょっと、とろっとしていた気がします」

「トマトの酸味が強いわね」

卵に包まれた中身はどちらもチキンライスだったが、別の店ではバターライスのこともあった。個人的にはチキンライスのほうが美味しいように思えた。

秋葉原のメイド喫茶にも連れて行かれた。居眠りする双子の熊がお布団に見立てた卵に包まれ、ケチャップで「萌」と記された双子のくまたんオムライスなるものも食べた。別のメイド喫茶では「美味しくな～れ♪」の魔法の唱和を強要された。手でハートを作り、「ではご主人様もご一緒に！　萌え萌えキューン」という台詞を言わされた。

料理をどのように提供するかも演出の一種だと捉えれば、世の中にはひとつとして同じオムライスはないことを身をもって体験したが、メイド喫茶はさすがに想定外だった。

萌え死ぬぼくを見て妙ママが爆笑し、ようやく虚無感という感情の正体を理解した。

「自分が作りたい味のイメージはついた？」

「はい、なんとなく」

「じゃあ、フライパンを買いに行こうか」

「絶《たえ》で使っているやつじゃだめなんですか」

「鉄製のフライパンは持ってないし、どうせなら道具にもこだわったほうがいい」

合羽橋《かっぱばし》の道具街を訪れ、あれこれフライパンを見て回った。

アルミ、鉄、銅、ステンレスなど、素材は様々で、こんなにも多くのフライパンがあるのかと驚いた。焦げにくくするためにテフロン加工やフッ素加工が施されたもの、取っ手が熱くなりにくい初心者用のものなど、いろいろあってどれを選べばいいのか、さっぱりだった。

妙ママに聞こうにも、プロ仕様の料理道具を目にした途端にテンションが上がったらしく、ふらふらとどこかへ行ってしまった。

しょうがないので、通りすがりの店員に助言を求めた。

「オムライスを作りたいんですけど、どのフライパンが良いですか」

「ご家庭用ですか？」

「プロっぽい味を再現したいな、と思ってるんですが初心者が鉄を選んでも平気ですか」

思い出の洋食屋で見たのは黒いフライパンだが、見た目は軽そうなのに、実際に持ってみると、ずしりと重かった。料理素人にはとても使いこなせそうには思えなかった。

「鉄のフライパンはしっかり油を敷いてなじませ、使い終わったら洗剤なしで洗い、きちんと乾かすことが絶対です。鉄は錆が大敵なので、それなりに手入れと手間がかかりますが、使い込むほどに味が出ます。一昔前は軽くて扱いやすいものが好まれましたが、最近はプロの料理人が使うようなものを手入れしながら自分色にしていく方も増えています」

横幅も22センチ、24センチ、26センチとあったが、店員がお勧めしてくれたのは、22センチのものだった。

「良い物を長く愛するのが近年のトレンドですね」

駄目押しのような助言を受けて心は決まった。

店員が立ち去った後、黒光りする鉄のフライパンを握り、軽く上下動させてみたりした。オムレツ作りの名人である手早い男になれそうなイメージは微塵も湧いてこないが、あの日の洋食屋で見た黒いフライパンを手にして、気分が高揚した。

「タク、決まった？」

妙ママが戻ってきて、背後から声をかけられた。

「はい、これにします」

「おっ、いいじゃん。帰ったらオムレツ特訓だね」

その日から毎朝の朝食当番がぼくの役割となり、毎日オムレツを作った。

最初に焼いたのは、なかに具の入らないプレーンオムレツ。

あらかじめフライパンを熱くしておき、油を少量なじませておく。

ボウルに卵を割り、塩と胡椒をして、さっと混ぜ合わせる。

熱くなったフライパンにバターを溶かし、卵を流し込み、すぐにかき混ぜる。

そこまではなんとかできたが、厚手の布巾を持った左手でフライパンを揺り動かし、右手で箸をがしゃがしゃさせていると、だんだん中身がもろもろしてきた。

わあ、焦げる、焦げる、と気ばかり急いたが、この後、どうやればくるっと回転するのか分からない。なんか柄をとんとん叩いていたなと思い、形ばかりを真似てみたが、オムレツは綺麗にひっくり返らない。

途中までとろとろの半熟だったオムレツは、ひっくり返すのに手間取るうち、見るも無残に焦げてしまった。食べれない代物ではなかったが、二つに割ったら中は半熟で、とろっとしているのが理想であるのに、中まで硬くなっていて、理想とは程遠い出来だった。

「まあ、最初はこんなもんでしょう」

失敗しても妙ママは笑って許してくれたけれど、内心は口惜しかった。

萌え死させられたメイドさんのほうがよほど上手にオムレツを作っていた。

あれはあれで、そこそこ半熟だった。ふつうに、違和感なく食べられた。

翻って、ぼくの作ったオムレツは酷い出来だ。

それから何度も同じような失敗をして、妙ママの表情も曇っていた。

朝っぱらから失敗作ばかりを食べさせられては機嫌良くいられるはずもない。

「ぼくは学習能力がないんですかね」

「そんなに落ち込む？」

妙ママが殴る女じゃなかったから良かったものの、これが父だったら、ぼくはとっくに殴り殺されているだろう。けっこうに絶望的な気分だった。

「近所の洋食屋さんにコツを聞いといてあげるから、そんな落ち込まないでよ」

「ありがとうございます」

世の料理人はいかにも簡単そうにオムレツを作っているが、あれこそ熟練の技で、コツなどあるのだろうか。

ふと、洋食屋のおじいさんの顔が思い浮かんだ。

「小料理屋になる前、洋食屋さんじゃなかったですか」

「前のオーナーは老齢で引退されたって聞いたけど、詳しいことは知らない。開業費用がなかったから手頃な居抜き物件を探していて今のところを紹介されたの。西小山に土地勘はなかったけど、街の雰囲気も良いし、店舗のサイズもちょうど良かったから即決だった」

「引退……」

ということは、もうあのオムライスは二度と食べれないのだ。

あの味は永遠に失われてしまったのだと思うと、無性に悲しかった。

「今日の縁起メシはなんですか」

気を取り直して訊ねると、妙ママが満面の笑みを浮かべた。

「幸せのサンドウィッチ」

ぼくが「小料理　絶」で働くようになってから黒板にチョークで本日の縁起メシを記すようになった。料理の名前を書き込み、開店前に試食するのがぼくの日課となった。ボードに〝幸せのサンドウィッチ〟と書いてから、仕込みを手伝った。

「なんで幸せなんですか」

「トーストにサンドするのが、しいたけ、春菊《しゅんぎく》、しらたき、しらすなの」

「ぜんぶ〝し〟がつくんですね」

「そう。四つの素材で、純和風の白和えを作る」

しのつく物を四つ合わせて、幸せという語呂合わせのようだ。

妙ママはしいたけの軸を取り、薄切りにする。

下茹でしたしらたきを食べやすい長さに切る。

春菊は茹でてから冷水につけ、適当な長さに切る。鍋に目分量の水、昆布、醤油を入れて火にかけ、しいたけ、しらたきを入れ、五分ほど煮てから火を止め、冷ましておく。

ボウルに移し、春菊を加え、十五分ほど浸しておく。

ざるにあげ、へらで押しながら汁気を絞る。

絹ごし豆腐、白練りごま、砂糖、醤油をボウルに入れ、泡立て器でなめらかになるまでよく混ぜ合わせ、白和え衣を作る。これらにしらす干しを加え、まんべんなく和える。

食パンをトーストし、片面にバターを塗る。こんがりきつね色に焼き上がったトーストに白和えを挟み、耳を切り取って、四等分にカットする。

「どう、簡単でしょう」

料理の手順をメモしていると、妙ママがサンドウィッチを一切れ、口に突っ込んでくれた。熱々のトーストと冷たい白和えが絶妙な一体感があり、不思議な美味しさがあった。

「タク、あーん」

食べさせてあげたんだから、私にも食べさせてよ、と言わんばかりに催促された。

「ほら、タク。私にも食べさせてよ」

べつに誰が見ているわけでもないのに気恥ずかしくて、俯きながらサンドウィッチを妙ママの口元に近付ける。ぼくの指ごと食べられて、生温かい唾液がまとわりついた。指を吸われただけなのに、やけにどきどきして心臓の鼓動が激しくなった気がした。

「幸せを熱々のトーストでサンドしたので恋愛運も急上昇です。もうひとつ、いかが？」

妙ママは口に咥えた幸せを親鳥がヒナに餌を与えるみたいに口移しで食べさせてくれようとしたが、ぼくがなかなか応えずにいると、途中でごくんと飲み込んだ。

「幸せは自分の手で掴み取りなさい」

妙ママにしたり顔で肩を叩かれた。

試食用に作った四切れのうち、残るは一つ。

余った幸せに手を伸ばし、トーストが冷める前に口に放り込んだ。

＊

夜の営業時間となり、「小料理　絶」と書かれた行燈に光が灯った。

店を開けてから一時間ばかり経つが、ビールジョッキ片手に野太い声が響き、テーブルには管理職然とした中年男性の姿が目立つ。

いつもは入れ代わり立ち代わりする客の流れが完全に滞っていた。

仕事帰りと思しきスーツ姿の三人組、四人組の男性客ばかりで、いつになく女性の個人客が少ないうえ、テーブルを独占する長尻の客が多く、幸せのサンドウィッチの売れ行きは良くなかった。

もう一品の縁起メシである〝鶏のもつ煮〟ばかり頼まれた。

「こういう日もあるんですね」

「まあ、こういう日もあるわよね」

甘辛く煮つけた鶏のもつ煮の注文が相次ぐが、妙ママの表情は冴えなかった。

複数人の男性客はお断りではないが、メインの客層ではない。内々で盛り上がっている男性たちの会話には加わらず、妙ママはほとんどカウンターの中で過ごした。

「ママ、新しい子雇ったの。もしかしてママの愛人《これ》？」

小指を立てて下世話な調子で話しかけてくる中年男に向かって、妙ママは氷のような愛想笑いを浮かべている。

「あれって、どういう意味なんですか」

「知らなくていいことよ」

追加注文された鶏のもつ煮を盛りつける手に怒りが滲んでいる。

「ぼくが運びましょうか」

「いいわよ。平気、平気」

妙ママはのしのしと大股で歩き、テーブルに近付いていく。

鶏もつは「縁を取りもつ」という意味のあるおめでたい食材であるらしいが、怒りに満ちた妙ママはおめでたい空気感をちっともまとっていない。心なしか店内の空気も殺伐としていて、カウンターに座っていた女性客たちは逃げるように退店していった。

「ごゆっくりしていってくださいね」

にこりと微笑んだ妙ママは空いたグラスを回収した。

妙ママは男性客に引き止められ、立ち話をしている。

店に電話がかかってきたので、ぼくが応じた。

「はい、小料理　絶《たえ》です」

「あれ、ママじゃないい。僕はね、アニメのＰ《プロデューサー》をやっている響谷《ひびや》っていう者なんだけど、今から三名の予約できるかな」

カウンターは四席とも空いているが、他のテーブル席は空きそうになかった。

基本的に当日予約は受け付けていないが、その日の混雑次第では席を確保しておくこともある。口ぶりからして常連客っぽいので、なるたけ縁を取りもつように取り計らう。

「ただいまテーブル席が埋まっているため、カウンターに横並びでよければ、お席はご用意しておけますが」

「ママと喋りたいから、カウンターがいいんだよ。二名が先に行くから」

「かしこまりました。お待ちしております」

ようやく妙ママがキッチンに戻ってきて、グラスを洗い始めた。

「三名のご予約がありました。ヒビヤさんという方で、先に二名がいらっしゃるそうです」

「どのヒビヤ？」

「アニメがどうとかおっしゃってましたけど」

「ああ、はいはい。響谷さんね」

「予約、受けなかったほうがよかったですか」

「いいわよ。今日はそういう日なのね」

妙ママがなんとも微妙な表情を浮かべた。

「仕事《アニメ》に理解のある結婚相手《パートナー》を探していて毎回違う女性を連れてくるんだけど、同じ女性をもういちど連れてきたことはないのよね。悪い人ではないんだけど癖が強いのよ」

扉が荒々しく開き、古狸のようにたるんだ腹を揺らしながら闊歩してきたのは、四十代ぐらいと思しき肥満体の男性だった。いつぞや秋葉原のメイド喫茶に連行されたとき、客席にはこんな感じのオタクっぽい人がいた気がする。

「妙ママぁ、お久《ひさ》ぁ。今日は若い子を連れてきたよ。編集者のナオコちゃん」

響谷と名乗った男は口角泡を飛ばしながら喋りまくり、ぼくに名刺を押しつけた。

「はじめまして、瑞原《みずはら》菜穂子《なおこ》です」

すらりとした長身の女性だった。涼やかな目をしており、雪のように白い肌をしている。二十代半ばほどの若さだが、落ち着いた物腰もあり、もう少しばかり年上かもしれない。

妙ママとぼく、それぞれ名刺を渡された。出版社に勤務しているようで、ミステリー編集部所属と記されていた。

「司さんの絵がある」

壁に掛けられた竜の絵を見るなり、瑞原菜穂子が微笑んだ。

「蒼生《あおい》さんのこと、ご存知なんですか」

妙ママが訊ねると、カウンター席に着座した菜穂子が頷いた。

「七海と同級生だったんです。七海がピッチャーで、私がキャッチャー」

「へえ、七海ちゃんの同級生」

「そうなんです。西小山に素敵な小料理屋さんがあると七海にすごくおすすめされていて、やっと来れました」

「そうなの、ありがとう。嬉しいわ」

妙ママと菜穂子は二言、三言話しただけで、すっかり旧知の仲のように打ち解けていた。

客の名前は覚えきれていないが、茶島七海がソフトボール部のエースだったということ、七海の彼氏が絵描きの蒼生司である、ということは覚えている。ピッチャーの七海とバッテリーを組んでいたのが、目の前にいる菜穂子であるようだ。

「後から来るのは七海ちゃん？」

「いえ、七海ではないです。私もお会いするのは初めてで」

妙ママと菜穂子ばかりが喋っていて、すっかり置いてけぼりのアニメプロデューサーが強引に話に割って入った。

「今日はね、ナオコちゃんに作家さんを紹介してあげようと思ってね。我らハバタキが誇る小説妖精のハルちゃんを召喚したのですよ。基本的に人見知りだから、なかなか他人に心を開かないけど、僕とハルちゃんはツーと言えばカーな仲だからね」

「後から来るのは藤岡さん、大学生の作家です」

菜穂子が小声で補足した。

藤岡春斗は響谷《ひびや》一生《いっせい》が所属するアニメーションスタジオ『ハバタキ』に出入りして脚本

を書く傍ら、純文学の登竜門とされる文学新人賞を受賞した期待の新鋭だという。

待ち人はなかなか現れず、妙ママは会話に耳を傾けながら鶏のもつ煮を振る舞い、菜穂子には幸せのサンドウィッチまで用意している。

響谷は先程からスマートフォンを耳に当て、しきりに電話をかけていた。

「繋がんないなあ。ハルちゃんはどこで迷子になってるんだろ。駅から真っ直ぐだよ。どうやったら迷子になるんだよ」

ぶつくさ言いながら、しつこく電話をかけている。

「あ、やっと出た。ハルちゃん、今どこ？　え、店の前にいる？　じゃあ、入ってきなよ。え、入りづらい？　なに言ってんの、甘えないでよ」

妙ママはきつね色に焼き上がったトーストに白和えを挟み、四等分にカットした。

「幸せのサンドウィッチです。どうぞ、食べてみて」

「え、なにこれ。妙ママ、すごい！　わ、超うま。中身、なに入ってるの？」

菜穂子のために作ったはずなのに、真っ先に響谷がぱくついている。

妙ママはこほん、と咳払いしてから菜穂子に向き直った。

「しいたけ、春菊、しらたき、しらす、しのつく物を四つ合わせて幸せです。恋愛運も上がるので、菜穂子さんもよかったらどうぞ」

店先にいるはずなのに、なかなか姿を現さない待ち人を心配してか、菜穂子が入り口のほうを見やった。それから、おもむろに左手をカウンターに乗せた。

「じつは少し前に入籍しまして、瑞原《みずはら》から折原《おりはら》に名字が変わりました」

左手の薬指に結婚指輪がはめられている。

「会社の名刺はまだ切り替わっていなくて、旧姓のままで仕事をしていますが、既婚者なのに恋愛運とか上げてしまっていいものでしょうか」

「ぜんぜん平気よ。旦那さんともっと愛が深まるわ」

「そうですか。じゃあ、遠慮なくいただきます」

菜穂子が幸せのサンドウィッチを頬張った。

「……ナオコちゃん、既婚者だったの？」

「はい。お伝えしませんでしたっけ」

響谷は二切れ目の幸せのサンドウィッチをぽろりと取り落とし、小刻みに震えた。

「幸せそうでなによりだよ。僕の幸せな未来予想図は音をたてて崩れ去ったけどね」

がっくりと項垂れ、響谷はしばらく放心状態だった。

「タク、ちょっと表を見てきてくれる」

「分かりました」

妙ママがぼくに耳打ちし、店先を見てくるように言った。

扉を開けると、行燈の近くに所在なさげに突っ立っている童顔の少年がいた。ともすれば中学生ぐらいに見えるほど小柄で、季節感のない灰色のパーカーを着て、眠そうな目が見え隠れし、柔らかそうな猫っ毛がそよ風に揺れた。

「なかで響谷さんがお待ちです」

ひと声かけると、小柄な少年はぼくに付いてきた。

少年がカウンター席に座ると、打ちひしがれていた響谷がのろのろと再起動した。

「遅いよ、ハルちゃん。ぼかぁ、傷心《ハートブレイク》だよ。老兵はただ消え去るのみ。あとは若い二人でよろしくやりな。それじゃアデュー。ボヌ ソワレ《よい夜を》」

響谷は「お釣りはいらないよ」と格好つけて、一万円札を二枚置いていった。

到着するなり置いていかれた少年は、店の中をきょろきょろと見回している。

菜穂子が名刺を差し出し、挨拶をした。

「はじめまして、瑞原です。瑞原は旧姓で、折原になりましたが、名刺は旧姓のままで」

「あ、そういうことですか」

去っていく響谷の背中に視線をくれた少年はそれだけで事情を察したらしい。

「……藤岡です。藤岡春斗《ふじおかはると》」

ぼそぼそ喋る声はたいへんに聞き取りづらく、それっきり黙ってしまった。人見知りというのは本当らしく、春斗は落ち着きなく店内を見回している。

やがて壁に掛かった竜の絵に視線が止まり、しばらく釘付けになっていた。

「藤岡先生は絵に興味がおありですか」

「いや、そんなには」

「藝大を卒業した蒼生さんという絵描きが描いたものです」

菜穂子が会話の糸口を探っているが、ほとんど一方通行だった。

「藤岡先生にミステリーを書いていただきたいな、と思っているんですけど」

「ミステリー……」

「例えばなんですけど、ロダンの『地獄の門』や『考える人』を題材にしたミステリーとかはいかがですか。取材が必要であれば蒼生さんにお話を伺うこともできます」

いつぞや茶島七海が恋人の蒼生司に対して激怒していたことがある。

七海の絵を描いてくれる、と約束したのに、人間の絵は得意でないからと、国立西洋美術館に出掛けては『地獄の門』と『考える人』をしょっちゅう写生している、とのことだった。

菜穂子がロダンうんぬんと提案したのは、七海から得たアイディアかもしれない。二人は高校時代にソフトボール部でバッテリーを組んでいただけあって、意志の疎通はばっちりのようだが、けっこうな無茶ぶりのようにも思えた。

「……考えてみます」

春斗は鶏のもつ煮をもそもそと頬張った。

「これ、レバーですか」

「あら、苦手だった？」

「砂肝は好きです。レバーは苦手」

食べるなり苦々しい表情を浮かべた春斗は、コップ一杯の水を飲み下した。

「次は砂肝にするわね。口直しに幸せのサンドウィッチはいかが？」

「なんですか、それ」

「しいたけ、春菊、しらたき、しらす、しのつく物を四つ合わせて幸せなの」

妙ママに親しげに話しかけられ、春斗は助けを求めるように菜穂子を見た。

「ミステリーの肝《きも》は、魅力的な謎があるかどうかに尽きますよね」

「七海さんにミステリーを布教したのって、菜穂子さんなんですか」

ぼくが訊ねると、菜穂子が大きく頷いた。

「七海がその予約席を気にしていて、謎の匂いがする、とずっと言ってます」

菜穂子は「RESERVED　―予約席―」と書かれたプレートに目をやった。

いつも空いていている予約席は、妙ママに真相を聞いた今ではもはや謎でもなんでもない。

しかし、真相を知らされていない七海にはいまだ謎であり続けているのだろう。

「そんなに気になるものかしら」

妙ママが薄く笑った。

交通事故うんぬんの件には触れず、自身がメイクのアシスタントであったことだけを語り、女優の霧島綾のために空けている席だということを説明した。

菜穂子は納得したようだが、藤岡春斗は驚きを隠せない様子だった。

「ここ、霧島先輩のお姉さんの縄張りなんですか」

「綾の知り合いなの？」

妙ママが訊ねると、春斗が頷きかけて、それから曖昧に否定した。

「世界は狭いですね。ぼく、霧島双子《ツインズ》の後輩です」

女優の霧島綾は交通事故で父親を亡くし、ひと回り年の離れた双子の弟——長男のリオン、次男のシオンを育てるお金が必要だった。

大手自動車メーカーからCMオファーがあったが、実態は自動車メーカーの御曹司との愛人契約で、妙ママは「双子の弟にいつでも胸を張れるお姉ちゃんでいてほしい」と訴えた。

妙ママの助言を受けて、霧島綾は毅然とした態度でオファーを退けた。

姉の背中を見て育った双子も真っ当な人間に育ったようだ。

双子は見た目はそっくりだが、性格は正反対で、春斗はとりわけ、おっとりした性格の次男シオンに懐いていたという。

「ぼく、ぜんぜん学校に馴染めなかったけど、シオン先輩がバスケ部に誘ってくれてすごく可愛がってくれました。部活は途中で辞めちゃったけど、シオン先輩はぼくのヒーローです」

洋食屋のおじいさんが作ってくれたオムライスがぼくを絶望の淵から救ってくれたように、学校で孤立する藤岡春斗を救ってくれたのは霧島双子だったのだろう。

霧島双子について語るとき、春斗の声は明瞭で、憧れに似た色を帯びていた。

「今はちょっと顔を合わせづらいんですけど」

春斗がぼそりと付け加えた。

どんな事情があるのか知らないが、春斗は鶏もつを食べた。

鶏もつは、縁を取りもつ。

妙ママの作る縁起メシは、きっとご利益があるだろう。

＊

オムレツの返し方には、ちょっとしたコツがある。妙ママが近所の洋食屋から聞きかじってきた練習方法を繰り返すうち、コツが掴めてきた。

フライパンに濡れた布巾を四つ折りにして、オムレツに見立てて乗せる。

オムレツを焼いているつもりになって、左手で柄の中ほどを握る。

柄を持ち上げて、フライパンを傾斜させる。

ぼくは柄を下げていて、どうしても上手くひっくり返らない、と嘆いていた。

奥側に寄せたオムレツを手前にひっくり返したければ、恐れずにフライパンの手前を持ち上げて、向こうを低くする。

それから、右手を拳にして柄をトントンと叩く。

濡れた布巾はひとりでに持ち上がり、手前へ折れて回ってくる。

柄を叩き続けると、布巾は回転し続ける。

なんだ、こんなに易しいことだったのかと納得がいった。

「なんか手慣れたよね、タク」

モーニングコーヒーを飲みながら、妙ママが目を細めた。

「おかげ様で」

「毎朝、オムレツはちょっと飽きたけど」

「そうですね」

そう言いつつも、その日の朝もぼくはプレーンオムレツを焼いた。

ボウルに卵を割り、塩と胡椒をして、泡立てないようにさっと混ぜ合わせる。

ふわっと仕上げるには、しつこく混ぜてはいけない。

熱くなったフライパンにバターを溶かし、煙が出そうになったら、卵を流し込む。

火加減は中火より、わずかに強いぐらい。卵を入れたら、すぐにかき混ぜる。

右手で卵を混ぜながら、左手でフライパンを揺り動かす。

半熟の状態になったら火から外し、卵をフライパンの先のほうに寄せる。卵を片寄せしたら、柄を二、三回と叩いて卵を回転させ、木の葉形に形を整える。形ができたら、皿に移す。

皿のなかほどよりちょっと下加減、オムレツを置きたいところにフライパンの縁を当て、そのまま柄を皿のほうに傾けて返すと、綺麗な面が上側になる。

オムレツはなかが半熟なのが美味しいので、半熟のすこし手前くらいで仕上げて、皿に乗せて出すまでのわずかな時間に余熱でちょうど良くなることまで計算に入れる。

皿に移すと、なかから卵の汁がすこし染み出てくる。それを焼き立てのうちに食べると、今までの焦げたオムレツとは比べ物にならないほど美味しかった。

「いいじゃん、ここにチキンライスを挟んだら完璧だね」

何日も同じメニューが続いているのに、妙ママは幸せそうに食べてくれる。

仕上がりが良いと、手放しで喜んでくれる。

思い出にある母は、いつも悲しい顔をしていた。

妙ママはぼくの母親ではないけれど、母のように悲しくさせたりはしない。

もっともっと喜んだ顔が見たい。

母ではない女性に勝手に自分の母親像を重ねて、挙句「ママ」と呼ぶなんて、さすがに躊躇われるけれど、「妙」と呼び捨てにするのも気恥ずかしい。

妙ママには呼び捨てにしなさいと指導されているけれど、せめて「妙さん」ぐらいで勘弁してほしい。

夜は私が抱きついてばかりでぜんぜん公平《フェア》じゃないから、朝はタクから抱きつきなさい、というルールが課されてから何日か経ったが、そういうのは義務にしないでほしい。

それはぼくだけの特権で、妙ママといっしょに働いているご褒美だから。

妙ママは鼻歌を歌いながら食器を洗っている。

そういえば今日の抱擁がまだだったな、と思い、背中からそっと抱きしめてみた。

「妙、美味しかった？」

「……は？　あ、え？」

妙ママは洗剤が泡立っていた食器を取り落とし、シンクの水は流れっぱなし。

半分ほど振り向いた顔は、完熟のトマトみたいに真っ赤になっていた。

ひょっとして、妙ママは怒っているのだろうか。

いつも呼び捨てにしなさい、と言われていたので、そうしてみたのだけど、流れっぱなしの水が無言の拒否を示しているように思えた。

「ど、ど、ど、どど、どうしたの、タク……」

道路工事でもしているみたいに、妙ママは動揺していた。

やはり、年下に呼び捨てにされるのはお気に召さないようだった。

「妙さん、ごめんね。朝はぼくの時間だから」

夜はあなたの時間で、朝はぼくの時間。

だったら、昼はどっちの時間だろうか。

抱擁の手を緩めると、妙ママはようやくシンクの水を止めた。

こちらに振り返った妙ママは、不本意そうにぼくをみた。

「なんか手慣れたよね、タク」

「おかげ様で」

「……意味、分かってる?」

「オムレツを焼くの、上手くなったねってことですか」

「ちがう、ちーがーうー」

妙ママは頬を膨らませて否定した。やはりぼくはまだまだ下手くそで、ちょっとオムレツを焼けたぐらいで慢心するな、と戒められているらしい。

「そうですよね。あとはチキンライスも作れなきゃいけないし、デミグラスソースも自分で作ったほうがいいんですよね」

まだオムレツを焼けるようになっただけで、理想のオムライスには遠い。

溜息をつくと、妙ママに頬っぺたをつねられた。

「作ってやろうじゃねえの、完璧なオムライス」

「なんで怒ってるんですか」

「タクがオムライスしか見てないから」

妙ママは喜怒哀楽の激しい性質だけど、時々なぜ怒っているのか分からないときがある。

「ごめんね、妙さん」

怒っている理由が分からないことを謝ると、じろりと睨まれた。

「なんでタクが謝るの」

「ぼくがオムライスしか見てないからですか」

「ちが……くないな。そのとーりだわ」

妙ママはしばらく押し黙り、それから名案を思い付いたとばかりに言った。

「ねえ、タク。めっちゃ美味しいオムライスを作れるようになったらさ」

「はい」

さっきまで怒っていた妙ママの目がきらきらと輝いている。

「ランチ営業でもやる？」

＊

妙ママが「オムライス専門のランチ営業をしよう」と言い出したのは、いつぞや来訪した藤岡春斗との対話がきっかけだっただ。

店の前には辿り着いているのに、なかなか店内へ足を踏み入れてこなかった春斗が、「入りづらい」と漏らしていたのが気がかりだったようだ。

大学生になったばかりの少年が店名しか掲げていない小料理屋の扉を開くのはけっこうに敷居の高いことだと思うのだが、妙ママは純粋に落ち込んだ。

ぼくからすれば、どうということのないひと言に感じたが、店の居心地を良くすることに心血を注いでいる妙ママからすれば、聞き捨てならない感想のようだった。

「そっか、入りづらいか」

妙ママは営業が終わった後、ぶつぶつ繰り返していた。

美味しいお酒を飲んで、気の利いた小料理を食べて、いっぱい喋って、ストレスを捨てて帰って欲しい、という願いの詰まった店ではあるけれど、扉を開ける勇気が持てず、素通りしていった人もいただろう。

どんなに店を居心地よくしても、まずは店に入ってもらわなければ良さは伝わらない。

「もうちょっと気軽に楽しんでほしいよね」

いきなり小料理屋に入るのが難しければ、いっそ小料理屋でなくしてしまえばいい。妙ママはそんな風に考えて、オムライス専門のランチ営業に行きついたようだ。

「やってやれないことはないと思いますけど」

ぼくが賛同すると、妙ママは魅力的な笑みを浮かべた。

「看板は蒼生君《あおい》にお願いしよう。とにかく目立つやつ」

「作ってもらえますかね」

「七海ちゃん経由でお願いすれば大丈夫じゃない」

まだプレーンオムレツしか焼けておらず、オムライスを完成させたこともないのに、いきなり看板制作だなんて、さすがに拙速であるように思えた。

「オムライスの名前《ネーミング》はどうする？」

「ふつうにオムライスだけじゃだめなんですか」

「元祖オムライス、タンポポオムライス、花咲オムライス、名前を聞いただけで食べたくなるようなインパクトがほしいよね」

さっぱり思いつかないが、妙ママが何気なしに言った。

「匠《たくみ》のオムライスとかはどう？」

「それはちょっと……」

いくらなんでもハードルを上げ過ぎではないかと思う。

「だったらタクが考えなさいよ」

妙ママが分かりやすく機嫌を損ねたので、なんとか知恵を絞った。

オムライスを始めるのは「小料理　絶《たえ》」の雰囲気を味わってもらいたいがための入り口

で、お昼だけじゃなくて夜にも来てほしい、という希望があってのことだ。

絶《たえ》の希望《きぼう》、縮めると、絶望《ぜつぼう》……。

「絶望オムライス……」

頭に浮かんできた言葉をそのまま口にすると、妙ママはちょっと反応に困っていた。

「あんまり美味しそうに聞こえないな。インパクトはあるけど」

「絶妙《ぜつみょう》オムライスより良くないですか」

「それはだめね。なんかすかした感じがする」

妙ママは腕組みをすると、しばらく思案した。

「絶望オムライス、絶望オムライス、絶望オムライス……」

ぶつぶつと繰り返し、妙ママはおもむろにスマートフォンを弄り出した。

「いや、意外と面白いか」

絵描きの蒼生司の恋人である茶島七海に連絡しているようだった。

「具体的にどんなイメージですか、って」

早速返信があり、絶望と冠するオムライスの具体的なイメージを求められた。

「黄色い卵、黒いデミグラスソース、オレンジ色のチキンライス。それぐらいですかね」

「もうちょっと何かないですか、って」

それ以外にさしたるイメージも湧いてこなかったが、ふと思った。

「オムライスって宇宙船っぽいですよね」

「丸っこい宇宙船ですか、楕円の宇宙船ですか、って」

「どちらかというと楕円です」

聞き取りはそれで十分だったらしく、七海との連絡は途切れた。

「大まか《ラフ》なデザインができたらお持ちします、だって」

*

鶏肉、マッシュルーム、玉葱をサラダ油で炒め、ご飯を投入する。

市販のトマトケチャップを入れて混ぜ合わせ、塩コショウで味を調える。

出来上がったチキンライスを半熟のオムレツで包み、これまた市販のデミグラスソースを回しかけ、試しに作ってみた実験作は、レトルトの域を出ない味わいだった。

「ふつうに美味しいわよ」

「ええ、ふつうに美味しいですね」

不味いわけではないが、特別な感動を与えるような美味しさには至っていない。

やさしい卵の味、ほろ苦いデミグラスソースの味、ほんのり甘くてしっとりしたチキンライスの味が絶妙に合わさって至福のハーモニーを奏でた、思い出の洋食屋さんの逸品には程遠い。

「包むのも失敗しました」

「綺麗に包めてるし、見た目もそんなに悪くない」

仕上がりに穴が目立ったので、デミグラスソースをたっぷりかけてカモフラージュした。

「いちおう完成形にはなったじゃない」

「まあ、そうですね」

「あとはこれを改良していけばいい」

「やっぱりソースの味でしょうか」

「市販のトマトソースは甘すぎるのよ。もうちょっと上品な味にしたいわね」

妙ママは冷蔵庫からトマトとニンニク、玉葱を取り出した。

「スーゴを作ろうか」

「なんですか、それ」

「イタリアではソースや肉汁のことをスーゴというの。ただ単にスーゴというとトマトソースを指すぐらい簡単で、日本人が味噌汁を作るのと同じ感覚でトマトソースを作るのよ」

「日本食以外も詳しいんですね」

「座学よ、座学」

妙ママはちょっぴり胸を張って、トマトソースについての蘊蓄を語った。

「イタリア系の正統的なトマトソースをサルサ・ポモドーロ・フレスカというの。サルサはソース、ポモドーロはトマト、フレスカは新鮮という意味。母なるソースの異名もあって、どこの家庭も我が家のスパゲティやピザがいちばん美味しくて経済的だと自慢する」

妙ママはニンニクと玉葱をみじん切りにし、バターとオリーブ油で炒めた。トマトの皮を剥き、種をとってざく切りにし、バジルの葉とともに鍋に加える。煮えてきたら、塩、砂糖、胡椒で味付けし、丹念にアクをとって、ことこと煮つめる。

「仕事はこれだけ。これをたくさん作っておけばいい」

「母なるソースって素敵な響きですね」

「いっそのこと、デミグラスソースも作っちゃう？」

「はい」

「こっちは時間がかかるよ。家庭用だったら二時間も煮ればいいけど、お店でオムライスを出すなら大量にソースが必要だから、一週間は昼夜通して煮なきゃならない。私は小料理の仕込みがあるから付きっきりはできない」

「教えてください」

手間をかければ、それだけ美味しくなるのなら、いくらだって手間をかけるつもりだ。

妙ママに大まかな手順を教わり、自家製デミグラスソース作りが始まった。

たっぷりのサラダ油を熱し、粗切りにした玉葱、ニンジン、ニンニクを入れ、色づくまで炒める。牛すじ肉と鶏ガラを加え、時間をかけて徹底的に炒める。

火が通ったら、小麦粉をふり混ぜ、さらによく炒めてから大鍋に移す。

トマトピューレを加えてから、温めたブイヨンを加え、煮立てる。

月桂樹の葉を加え、ときどきかき混ぜながら弱火で煮る。

浮いてきたアクをレードルですくい、茶褐色になってきたら、スープ濾《シノワ》しで濾す。

大鍋に戻して煮立てると、油がじんわりと浮いてきた。

油をすくいとると、茶褐色のデミグラスソースが出来上がった。

ソースはファスナー付きのソース専用袋に密封し、冷凍庫に入れれば一ヵ月、冷蔵庫でも十日は持つそうなので、多めに作っておいて使うときに解凍すればいいらしい。作った日付けを書き入れて、ストックしておけば、ソース作りはひとまず完了だ。

　小料理屋の手伝いをしながらソース作りに没頭する日々は骨が折れたけれど、すべてを自分の手で生み出しているという達成感があった。

　母なるトマトソースでチキンライスを作り、オムレツでふんわり包んでから、仕上げに特製のデミグラスソースをかける。

「どうですか？」

　自分で試食しつつ、妙ママにも食べてもらった。市販のソースで作ったものと比較すると、自己満足かもしれないが、なんとも味わい深い趣きがあった。オムレツはとにかく手早く、デミグラスソースはひたすら根気良く、どちらが欠けても美味しくはならない。

「タク、頑張ったね」

心なしか、妙ママの目元が潤んでるように見えた。

味の感想はなかったが、その代わりに思いきり抱きしめられた。

美味しく食べてくれたなら、それ以上に嬉しいことはない。

母なる愛に包まれ、えも言われぬ満足を覚えた。

＊

手始めにオムライスを縁起メシの一品として提供すると、好評を博した。

時折、オムレツの形が歪になったり、ちょっと破けたりもしたが、デミグラスソースで隠すことができるので、なんとか格好はつく。

メニューの名前は暫定的に〝母なるオムライス〟としており、妙ママがトマトソースに関する蘊蓄を披露すると、次々に注文が入った。一気に三つ、四つとオーダーがあっても、なんとかパニックにならずに作ることができ、だんだん自信もついてきた。

休日はソース作りの日で、夜は妙ママの手伝いしながらオムライスを作る日々を送っていると、ふらりと蒼生司が訪ねてきた。

司は風が吹いたら飛ばされてしまいそうな細身で、そこだけ時間がゆったりと流れているような独特な空気感をまとった人物だった。

「こんな感じのものを作ってみたんですけど」

店先に、蒼生司が試作した立体的なアート看板が鎮座していた。

「すごっ……」

大まかなデザインができたらお持ちします、と聞いてから、すっかり日が経っていた。看板制作を依頼したことなどほとんど忘れかけた頃になって現れたのは、宇宙船じみたオムライスが黒いデミグラスソースの海に不時着し、頭上に「絶望」の二文字が掲げられ、ムンクの『叫び』のように耳を塞ぎながら身を捩《よじ》る小人が添えられた力作だった。

「これ、なにでできているんですか」

「発泡スチロールです。看板として使えるように木で補強しています」

遠目にも目立つし、オムライスは本物と見間違うぐらいに美味しそうだが、近くで見ると、絶望の二文字が踊っていて、シュールさも混ざっている。

「立体造形はあまり得意じゃないんですけど、どうですか」

蒼生司が自信なさげに言ったが、妙ママとぼくは思わず目を見合わせた。

「予想以上に凄かったので、びっくりしました」

妙ママが称賛すると、司に同伴した茶島七海が「うちの司、やるときはやるんですよ」

と言わんばかりの誇らしい目をした。

「シンプルな絵の看板をイメージしてたんですけど、予想以上でした」

「藝祭《げいさい》では発泡スチロール製の巨大な神輿を作るんです。学生時代を思い出して楽しかったです。修正するところがあれば、なんなりと」

これは看板というよりもアート作品であった。

「いえ、ぜんぜんこのままで完璧です。ほんとうにありがとうございます」

妙ママは謝礼をどうしようか、七海に訊ねていた。

「司、これの値段はどうする？」

「無料《タダ》でいいけど」

「そこはオムライスをご馳走していただければ、でしょうよ」

さらっと答えた司を七海は肘で小突いた。

「タダとか、むしろ気を遣うわ」

「えーと、じゃあ、そんな感じで……」

短いやり取りをみるだけで、司が尻に敷かれていることがよく分かった。

夜の営業前にやって来た二人にオムライスを振る舞うと、司は子供みたいに頬っぺたにソースをつけて、美味しそうに頬張った。

「ああ、もう。ついてるじゃん」

七海が甲斐甲斐しくナプキンで拭いてやり、なんだか母親と小さな子供のように見えてきて微笑ましかった。

司は壁のほうに振り返り、自身が描いた竜の絵を見た。

「同じ構図の絵は何枚か描いたけど、置かれる場所によって印象が違いますね」

「どう違いますか」

カウンター越しに訊ねると、司が微笑した。

「ここの竜はきっと美食家《グルメ》です。絶望オムライス、すごく美味しかったです。ご馳走さま」

＊

オムライスのみのランチ営業を始めてから、三ヵ月ばかりが過ぎた。

蒼生司が作ってくれた立体的なアート看板はとにかく目を引く。

店の前を通りかかった人たちがこぞって写真を撮っており、絶望と冠されたオムライスが果たしてどんな味なのか、怖いもの見たさで食べてくれる客が列を為した。

「思ったほど絶望的な味じゃなかった。ふつうに美味しかった」

食事の後にそんな感想をくれる人もいて、絶望的に不味い、い、い、オムライス、い、を想像していた客もいるのだということを思い知らされた。

「不味いものを食べさせられると半ば覚悟して食べたら、案外に美味しかったものだから、その落差でよけいに美味しいと思えたよ」

などと褒められているんだか、貶《けな》されているんだか分からない感想も貰った。

ともかく一日十食か、二十食も注文があれば上出来と思って、ほんの軽い気持ちで始めたのに、店先にずらりと行列ができたときは、妙ママといっしょに嬉しい悲鳴をあげた。

嬉しくても、悲鳴であることには違いない。

午前十一時から午後二時までの正味三時間の営業だから、ぼく一人で切り回せるだろうなどと考えていたのは甘かった。

オムライス単品は八百円、ミニサラダとコーヒーが付いてセットで千円というメニューに絞ったが、注文を聞いて、会計もして、店先に並ぶ客に声をかけ、テーブルを片付けて、という一連の動きをこなしながらオムライスを作るのはほとんど不可能だった。

接客はすべて妙ママにお願いして、ぼくはひたすらオムライスを作り続けた。

夜の営業ではカウンターの端っこは予約席として常に空けているが、戦争のような昼時はすべての席がフル稼働し、四人掛けのテーブルに相席してもらったりもした。

鉄のフライパンはずしりと重く、オムライスを作り続けるうち、左手の感覚がだんだんと麻痺してくるが、ぼくが作っているのはたかだかオムライス一品だけだ。

世の洋食屋さんはエビフライも作れば、カツレツも作り、ハンバーグやメンチカツも作る。オムライスだけでも、こんなに大変なのだと知って、洋食屋の凄さに畏敬の念が込み上げてくるばかりだった。

ぼくは心の中で「なんと手早い男か《ケル・オム・レスト》！　なんと手早い男か《ケル・オム・レスト》！」と呪文を繰り返しながら、一皿、一皿、心を込めてオムライスを作った。

プレーンオムレツさえ満足に焼けなかった頃と比べれば、ぼくもほんの少しは手早い男になれていると思う。夜の営業もあるのに、妙ママには負担をかけっぱなしで申し訳ないが、美味しそうに食べてくれるお客さんを見ると、疲れたなどとは言ってられない。午後一時半がラストオーダーで、客席がまばらになると、ようやく一息つける。

白髪の老人がラストオーダーぎりぎりに来店し、カウンターの端っこの席に座った。柔和な笑みを浮かべながら店内を見渡し、ぼくの手際をじっと見つめた。

「懐かしいな」

哀愁漂うひと言を漏らしたのが、なぜだかくっきりと耳に残った。

「お待たせしました」

カウンター越しにオムライスを供すると、老人は薄っすらと笑った。

一口ずつ、ゆっくりと味わい、綺麗に平らげた。

食後のコーヒーを啜りながら、老人はぽつりと言った。

「五十年間、ここの厨房で洋食を作り続けた。昔の空気が感じられて、つい懐かしくなった」

目の前の老人が何者であるのか、瞬時に理解した。

とてつもなく美味しいオムライスを作ってくれた洋食屋のおじいさん。

深い皺の刻まれた額を見て、ああ、こんな顔をしていたのか、と目頭が熱くなった。優しさの中に厳しさも同居する眼差しには、半世紀に渡って同じ厨房に立ち続けた料理人の並々ならぬ矜持が滲んでいた。

「あの……」

コーヒーを飲み終え、席を立った老人に声をかけた。

幼い日の記憶がまざまざと蘇ってきて、伝えたい言葉が溢れすぎて、言いたいことはちっとも形にならなかった。

「ありがとうございました」

ぼくが言いたかったのは、単なる感謝ではない。

オムライスは美味しいのだ、と。

世界には殴る人ばかりでなくて、優しい人もいるのだ、と。

そう教えてくれた恩人を前にして、肝心の言葉がうまく出てこない。

「十年ぐらい前、ぼくはあなたの作ったオムライスを食べたと思います」

「そうですか」

相好を崩した老人に向かって、深々と頭を下げた。

「あの日に食べたオムライスのおかげで、ぼくは生き延びました。どうもありがとうございました」

＊

本日も百食ほどのオムライスを作り、くたくたに疲れた。

妙ママは食器を片付け終えた後、カウンターに突っ伏している。夜の営業に備えてしばし仮眠し、起きぬけに遅めの昼食をとるのが日課となっている。

「看板、引っ込めてきますね」

「ありがとう、タク」

ランチ営業が終わり、すべての客が帰るのを見届けてから、ＣＬＯＳＥＤのサインプレートを掲げに店外へ出た。絶望オムライスのアート看板を店裏の物置まで運ぼうとしたところ、通りがかった制服姿の女子高生に声をかけられた。

「へえ、オムライス。小料理じゃなくなっちゃったの？」

「昼はオムライスで、小料理は夜からの営業です」

「今日はお妙《たえ》います？」

栗色の髪をした女子高生は、やけに親しげな調子で妙ママの名を呼んだ。

なぜだか制服姿だったので、初見では気付かなかったが、この顔には見覚えがあった。

女優の霧島綾、妙ママの大切な人。

「中にいます。よかったらどうぞ」

「ありがと」

にこっと笑いかけ、小走りに駆けていく。

「お妙、やほー」

「……ちょっ、なんでいるの？　その格好はなに？」

カウンター席で仮眠していた妙ママに体当たりした霧島綾は、にへら、と笑った。

「う？　ああ、これは撮影衣装。可愛いっしょ、高校十二年生」

「ごめん、なんか目眩がする。女優って老化しないわけ？」

「お妙、あたしもオムライス食べたい。今、近くで撮影してて休憩中なの」

「聞いちゃいねえし」

霧島綾は自身の特等席であるカウンターの端っこに座ると、壁に掛かった竜の絵を見た。

「お、良い絵だね。買ったの？」

「そう、ローンでね」

「ドラゴンって、漢字が二種類あるじゃん。これは竜田揚げの竜？　それとも烏龍茶の龍？」

「知らねえし」

「あー、やっぱりこの席は落ち着くわ。女優オーラが絶《オフ》になりますわ」

「綾、ちょっと静かにして。私、めっちゃ疲れてる」

「オムライス食べさせてくれたら静かにする」

ぐったり疲れている妙ママの隣で、霧島綾が喜々として喋っている。

妙ママはぼくに向かって手招きし、それから両手を合わせて拝んだ。

「タク、ごめん。綾にオムライスを食べさせてやってくれない？　あと、ついでに私も食べたい」

「分かりました」

エプロンを付け、キッチンに立つ。

カウンター席に座った霧島綾は興味津々の面持ちで、ぼくが調理する様子を眺めていた。

時折、ひそひそと妙ママと囁き合っている。

「お妙、年下派だったっけ？」

「まあ、成り行きで」

「年下かあ。年下は良いよね」

鶏肉、マッシュルーム、玉葱をサラダ油で炒め、二人前のご飯を投入する。

自家製のトマトソースを入れて混ぜ合わせ、塩コショウで味を調える。

チキンライスを作り終えると、鉄製の黒いフライパンにサラダ油を馴染ませ、バターを溶かし、割りほぐして調味した卵を流し入れる。

強火にかけて、フライパンと箸、両方を動かしてかき混ぜる。

卵が半熟になったら、フライパンの奥側へ卵を返していく。

フライパンの柄を持ち上げて、柄の付け根部分を叩く。

向こうから返ってきた卵にチキンライスを乗せ、木の葉形にまとめ、焼き色を付ける。

フライパンに皿を添え、柄を逆手に持ってひっくり返す。

まず、一つ目のオムライスができた。

「わあ、美味しそう」

デミグラスソースを回しかけていると、霧島綾が至極真面目な調子で言った。

「どうして絶望オムライスという名前にしたんですか」

あの味をどうしたって再現できない、という絶望。

あの味をもう二度と食べられない、という絶望。

あの日の味にはとうてい近づけない、という絶望。

料理に込めた思いはひとつではないけれど、今なら胸を張ってこう言える。

「このオムライスを食べれば、きっと絶望を忘れられるよ」

オレンジ色のチキンライスを卵でふんわりと包み、特製のデミグラスソースをかける。

あの日の魔法をそっくりそのまま再現はできずとも、ぼくもまた誰かの絶望を片時でも忘れさせてあげることができたら、それ以上に嬉しいことはない。

「そういう希望を込めてですかね」

2 アノ街ーノ天国

絶望オムライスが評判となり、「小料理　絶」はちらほら取材を受けるようになった。

東急目黒線西小山駅周辺の情報を独自の視点で伝えるフリーペーパー「24580《ニシコヤマ》」にも取材を受けた。

現在は年に一、二回の発行ペースだが、創刊から十年以上もの歴史があり、西小山の人や風景にまつわる物語に焦点を当てた特集を企画している。

フリーペーパーの制作メンバーは、たまたま縁があって出会った西小山好きの建築家やグラフィックデザイナー、イラストレーターなどで、毎号三千部の制作費はメンバー全員の割り勘、折り込みや配布もすべて自分たちで行っているという。

西小山は、人と人が枝葉のように繋がっている。

自分たちの町を愛し、自分たちの町について話すきっかけとして、このフリーペーパーが西小山の人の手から手へ広がっていけばいい、という刊行の主旨に匠海は感銘を受けた。

取材を機に、「小料理　絶」にもフリーペーパーを置くようになった。

2
アノ街ーノ天国

妙ママと匠海のツーショット写真がでかでかと紙面を飾り、「昼は絶望オムライス、夜は縁起メシ。二人三脚で頑張ります！」というメッセージが踊った。

まだ一般に配布はされていないが、見本誌を見せてもらったとき、妙ママが嬉し恥ずかしの表情を浮かべていたのが印象的だった。

「なんかこれ、夫婦でやっているみたいじゃない」

妙ママは小料理屋を訪れる常連客にもフリーペーパーに取材されたことを喋っていて、話題は尽きることがなかった。

夜の営業の最中、匠海がグラスを洗っていると、電話が鳴った。

案の定、妙ママは話に夢中で、電話が鳴っていることに気がつかない。

「はい、小料理　絶です」

匠海が電話に出ると、

「テレビ番組『出張！　アノ街《マチ》ーノ天国《テンゴク》』と申します」

「……は？」

「近々、『小料理　絶《ゼツ》』さんの取材をさせていただきたいのですが」

「ゼツではなく、タエです」

「失礼いたしました。『小料理　絶《たえ》』さんの取材をさせていただきたいのですが」

先方は言い直したが、小料理屋の名前はだいたい間違えられる。

「少々お待ちくださいい。店主に確認いたします」

電話を保留にし、話に夢中の妙ママに伝言する。

「あの街のナントカという番組から取材の依頼がありました。どうしますか」

妙ママの表情がみるみる変わり、驚きの表情を浮かべた。

「え、もしかして『アノ街』？」

「たぶん」

ふだん、ほとんどテレビを見ない匠海はよく知らなかったが、有名な番組であるらしい。

「すごっ！　妙ママ、全国区じゃん」

小料理屋の常連客も大盛り上がりだった。

アノ街一ノ天国——通称「アノ街《マチ》」は、放送開始から二十年を超えるご長寿番組だ。

毎回一つの「街」を対象に、名所・建造物・店舗・名物・特徴・風土・自然・人物などを、番組スタッフが独自に作成したランキングに沿って、二十位から一位を順に紹介する。

「取材、受けますか？」

妙ママが答えるまでもなく、常連客達が口々に言った。

「受けるでしょう！」

「断る理由、なくない？」

「妙ママ、すごーい。西小山が特集されるなんて今まであったっけ」

2
アノ街一ノ天国

妙ママも気圧され気味で、「取材を受ける方向でよろしく」と言った。アノ街取材記念と称して大量に酒の注文が入り、取材日などの調整は匠海に丸投げだった。

取材当日、妙ママがいつになく浮足立っていた。

元々メイクの仕事をしていた妙ママは化粧はお手の物だが、心なしかいつもよりメイクが濃い気がした。

「タクもお化粧する？」

「いいです」

「全国放送なんだし、ちょっとはおめかししたほうがいいんじゃない」

「いつも通りでだいじょうぶです」

あろうことか、匠海にも化粧を施そうとするほど浮ついていた。

「妙さん、落ち着いてください。妙さんらしくないです」

「だめ。あー、緊張する。ほら、私って裏方気質じゃない。メイクのアシスタントをしていたときは役者を輝かせるのが仕事だし、自分にスポットライトが当たることなんてなかったもの。ねえ、私の服装変じゃないかな」

紺色のエプロンを首から掛け、ジーンズ履きのいつもの格好だ。

この服装が変だとしたら、毎日おかしな服装のまま営業していることになる。

アノ街の撮影班は、総勢十名近くの大所帯だった。

「普段の営業の様子も撮りたいので、お客さんが入った状態で撮影してもいいですか」

「あ、は、はい。昼はオムライスがメインで、夜は小料理屋なんですけど」

取材慣れしていない妙ママの声が上ずっている。

「では、まず昼に撮影して、夜も撮影させていただきます」

無数の撮影機材が店内に持ち込まれ、撮影スタッフが入れ代わり立ち代わりする。

匠海が調理するシーンも撮りたいということで、カメラが厨房に入ってきた。

手元を寄りで映されているのがよく分かる。

カメラを意識すると、どうしても料理の手がぎこちなってしまう。

撮影中のスタッフは無言だが、正直に言えば料理の邪魔だった。

いつもと勝手が違ったからか、オムライスを包むのに失敗した。

デミグラスソースを回しかけて取り繕ったが、カメラマンではなく、妙ママからまさかのやり直し命令を受けた。

「タク、いつもはもっと綺麗に包めてるでしょう。やり直して」

「……はい」

失敗しないように、などとよけいなことを考えると、身体が硬くなる。

ここは初心を思い出さなければならない。

2
アノ街ーノ天国

なんといっても、オムレツは手早く焼かなければならない。

匠海は心の中で「なんと手早い男か《ケル・オム・レスト》！　なんと手早い男か《ケル・オム・レスト》！」と呪文を繰り返しながら、心を込めてオムライスを作った。

「いいじゃん、タク。最高！」

匠海としても会心の出来であったが、妙ママに手放しで褒められると、こそばゆい。

小さな子供がキッチンで初めて料理をし、母親に「すごい！　すごい！」と褒められたら、きっとこんな気分になるんだろうな、と思った。

昼の部の撮影が終了し、夜の部の撮影となった。

昼の営業は匠海が主役だが、夜の営業では妙ママが主役だ。

女将にとって縁起メシとはなにか、と問われ、妙ママは少し考え込んだ。

「縁起メシは特別な日のよそ行きの料理ではありません。ありふれた料理でも食べた本人が特別だと思えば、それが縁起メシになります。金運が落ちているときは金運の上がる縁起メシを食べるといいですし、家庭円満、恋愛成就、運気上昇、安産祈願など、料理にはいろいろな願いが込められています」

いざカメラを向けられると、妙ママはきりりとした顔つきになった。

照明の落ちた仄暗い店内で、スポットライトを浴びる凜々しい姿に匠海は見惚れた。

「撮影終了です。お疲れさまでした」

アノ街の撮影スタッフが撤収していった。

放送されるのは数分でも、撮影は一日がかりで、とてつもなく消耗した。

「タク、私だいじょうぶだった？　変なこと言ってなかった？」

撮影スタッフがいなくなった途端、妙ママがおろおろし出した。

「だいじょうぶです。格好良かったですよ」

「そ、そお？」

カメラが回っているときは無我夢中で、ほとんどなにも覚えていないという。

妙ママが撮影慣れしていないのは本当らしかった。

「綾は凄いなあ。女優は常にカメラを意識して演技してるんだな」

妙ママの親友である、女優の霧島綾。

メイクのアシスタント時代からの付き合いだが、妙ママは撮影される側に回って初めて女優の凄みに気がついたようだ。

「電話してみたらいいんじゃないですか。アノ街の取材を受けたって」

「そうね」

小料理屋の営業が終わった後、妙ママは霧島綾に電話をかけた。

数コールしても、電話が繋がらない。

「撮影中なのかな」

妙ママがスマホを見つめると、霧島綾が応答した。

「どったの、お妙」

「綾。今、電話しても平気？」

「へーき」

「アノ街に取材されたの。放送日まではあんまり人に言わないほうがいいと思うけど、綾にだけは伝えておこうかなって」

「そうなの。へー、アノ街。すごいじゃん」

興奮気味の妙ママと違って、女優のテンションは低かった。

「どうしたの、綾。元気なさそうだけど」

「あたしの縄張りが有名になっちゃったら、行きにくくなるなあって。行きつけのお店はそんなに混んでほしくないんだよね。適度にヒマでいてほしい」

「ははっ、我がまま」

妙ママがくすりと笑う。

「ま、おめでと。たぶんめっちゃ忙しくなるから、死なない程度にがんばって」

長電話にはならず、すんなり通話が終了した。

「もうちょっと喜んでくれてもよくない？」

妙ママがぶうたれているが、言葉とは裏腹に口元は緩んでいた。

＊

アノ街の放送当日。

ちょうど夜の営業と放送時刻が重なっていたが、営業を早めに切り上げ、リアルタイムで視聴することにした。妙ママと匠海はテレビの前で正座し、「小料理　絶」が登場するのを固唾を飲んで見守った。

二十位から順に紹介されていくが、事前に何位かは知らされていない。それは見てからのお楽しみというわけだが、妙ママの緊張ぶりは入試の合格発表を確認するかのようだ。

番組が始まり、さっそく二十位が発表された。

二十位は西小山駅前にある老舗の果物屋だった。

土日限定でジューススタンドを新設したことなどが紹介されている。

「そんなに緊張するものですか？」

「まあ、せいぜい十九位か、十八位ぐらいだよね」

妙ママの予言は外れ、「小料理　絶」は十九位でも、十八位でもなかった。

ランキングの途中、周辺の栄えた街の影に隠れた西小山は「東京のエアポケット」などと紹介され、匠海は思わず笑ってしまった。

しかし、妙ママの表情は凍りついており、笑顔ひとつない。

「妙さん、膝くずしていいですか」

「だめ。紹介されるまで待つ」

なぜだか正座を崩させてもらえず、番組中盤になっても「小料理　絶」は登場しない。

ランキングが一桁になって、いよいよ匠海の膝がぷるぷる震え始めた。

「妙さん……」

「出ないね。もしかしてランキング外になっちゃったのかな」

一向に「小料理　絶」は紹介されず、妙ママの表情も強張っている。

とんかつの名店、老舗テーラー、リニューアルオープンした東京浴場が紹介される。

いよいよ、残すは上位五位だけだ。

「……え、うそ」

西小山に数多ある名物のうち、まさかの五位に選ばれたのは「小料理　絶」だった。

テレビ画面いっぱいに妙ママと匠海の顔が大写しになった。

匠海がオムライスを作っている手元にカメラがぐっと寄る。なんとも美味しそうなオムライスの画が紹介され、妙ママと匠海がにこやかに寄り添っているシーンになった。

「西小山の名物、その名も『絶望オムライス』。オムライスを作るのは西山さん、店主は女将の小籔さん。ニシヤマ、コヤブ、二人合わせてニシコヤマ。まさに西小山の象徴！

夜は女将が切り盛りする小料理屋として営業しています」

縁起メシの件は完全にスルーされ、ナレーションでちらっとも触れられなかった。

「……縁起メシは？」

ずっと正座し続けて、膝が限界に達したらしい。

生まれたての小鹿のようにぷるぷる震えた妙ママはこてんと倒れ込んだ。

オムライスのついでに小料理屋をやっているのではなく、小料理が主体なのだ。これでは主客が転倒している。

「五位でしたね」

「嬉しいけど、なんかくやしい」

妙ママのスマートフォンに早速、「アノ街、見たよ！」という連絡が相次いだ。メッセージのひとつひとつに律儀に返信しているが、妙ママの表情は冴えない。

「縁起メシのえの字もなかったね」

溜息交じりの声がやけに悲しく響いた。

傷心の妙ママにかけてやる言葉がなかった。

「あら、七海ちゃん」

一転、妙ママの声が弾んだ。テレビ通話の相手は、茶島七海だった。ソフトボール部の元エースピッチャーで、飲食店のみならず探偵事務所でのバイト歴もあり、「小料理　絶」

の臨時助っ人もこなす、バリバリの体育会系女子。

「妙ママ、アノ街見ました。凄いですね、小料理　絶も全国区ですね」

「嬉しいけど、なんかくやしいの。いっぱい撮影したのに、縁起メシのえの字もなくて」

妙ママが愚痴っぽく言った。

「手が足りなかったらお手伝いに行きますから、いつでも呼んでください」

「ありがとう、七海ちゃん。でも、そんなに反響はないと思う」

妙ママと七海は女子会トークというやつに花を咲かせていた。こういう場に男の匠海は交ざるものではなく、交ざれるものでもないため、スマートフォンの画角に入らない部屋の片隅へ、こそこそと移動した。

話はいつまでも尽きることなく、女性二人の会話が漏れ聞こえてくる。

「ところで、妙ママ。匠海君との仲は順調ですか」

「じゅ、順調って、どういう……」

妙ママが空惚《そらとぼ》けるが、語尾がむにゃむにゃして聞き取りづらい。匠海が耳をそばだてると、妙ママは犬を追い払うような仕草をした。

「そこに匠海君、いるんですか」

「え、いや、いるような、いないような」

「いるなら直接聞いちゃいます」

「あああ、いない！　いない、いない！　匠海は外出中！」

妙ママが必死になって、匠海が不在であるように言い繕った。

「隠さないでいいですよ。私、これでも探偵事務所で浮気調査とか、不倫調査ばっかりやってましたからバレバレです。不適切な関係ではないんだから堂々としましょうよ。年の差なんてべつに気にするものでもないですし」

「七海ちゃん、勘違いしてる。私と匠海はべつに……」

妙ママがやけにあたふたしている。どうにも匠海はこの場に存在してはならないようなので、妙ママの命に従い、部屋の片隅で息を潜めた。

会話も盗み聞いてはならないらしいので、なるたけ耳を塞ぐが、キッチンと寝室があるだけの部屋では逃げ場らしい逃げ場はない。それでも聞かぬ、と決めたので、匠海の耳を素通りする会話の断片はなんらの意味を持たない雑音と同じだ。

「出会って即同棲なんて凄いですよね。私と司なんて何年かかったことか」

「七海ちゃん、そろそろこの話、やめにしない？」

妙ママは会話を切り上げたそうだが、女子会トークは延々と続いた。

「同棲したら、ちょっとはスキンシップぐらいあるのかと思ったら、司のやつ、絵ばっかり描いててなんにもないんですよ。無ですよ、無」

憤る七海を妙ママはそれとなく窘めた。

2
アノ街一ノ天国

「うちも似たようなものだから。寝るとき、添い寝するぐらい」

「嘘だあ。いいんですよ、そんなに気を遣ってもらわなくて」

「本当、本当。嘘じゃない。添い寝以外、何もしてない」

言っている傍から、妙ママがじろりと匠海を睨みつけた。匠海がなにをしでかしたのか分からないが、妙ママのご機嫌は麗しくないらしい。

ごめんなさい、と心のなかで謝っておく。しかし、心ばかりの謝罪では足りぬのか、はたまた匠海がそうと気付かぬだけで、とんでもなく重大な失態であったのか、妙ママの険しい表情が緩むことはなかった。

妙ママが心患う原因は定かではなく、匠海に為す術はない。ひょっとして、何食わぬ顔で女子会トークを盗み聞きしていたのがお気に召さなかったのだろうか。それならそうと、「家《ここ》から出て行って」と言ってくれたらいい。

行く当てのない匠海を匿ってみたものの、内心では疎ましく思ってるのなら、はっきりとそう言ってほしい。

妙ママの言うことは絶対だから、思い出のオムライスを作れ、と言われれば、そうする。添い寝をしろ、と言われれば、そうする。家から出て行け、と言われれば、そうする。

匠海に拒否権はない。

だって、ここは家みたいだけれど、本物の家ではないのだから。

仮初めの関係ではあるけれど、匠海がオムライス作りに没頭している限り、妙ママは笑っていてくれる。それでいい。それだけでいい。

お試し期間で里親候補と暮らすたび、「私たちのことは好きに呼んでくれていい。パパ、ママと呼んでくれなくてもいいから」という台詞が付いて回った。

そうは言いつつも、いつまでも懐いてこない子供を引き取りたくはない、という本音が透けて見えた。何日かを共に過ごし、パパ、ママと言い出すべき、ここぞのタイミングを見計らうゲームに敗れ続けるうち、深く傷ついた。

「家」から追い出されるのは、もうたくさんだ。もうしくじらない。

本心からパパ、ママなどと言えたことはないけれど、ありとあらゆることが茶番で、仮初めの家族ごっこを演じるたびに心にひびが入ったけれど、妙ママと暮らす「家」は本物の家のように感じる。

けれど、ここが本物の家となるためには、匠海には超えねばならない高い壁がある。避けては通れぬ儀式がある。

ごく純粋に、本心から、妙ママを「ママ」と呼ぶ。

そうと呼べぬのに、妙ママは優しいから、匠海を追い出したりはしない。

きっと呼ぶ。

邪心なく、本心からママと呼ぶから、もう少しだけ待ってほしい。

妙ママの気持ちはおよそ察しがつく。この子、いつまでも私のことをママと呼ばないな、と思っているに違いない。

匠海が物思いに沈んでいる最中、妙ママと七海の会話は取り留めなく続いた。

「どうせ一人で眠るなら、無理してアトリエ付きの一軒家なんて借りるんじゃなかった」

七海がぼやく。

「絵描きはほら、絵を描いてナンボだから」

「お幸せそうでなによりです。ご馳走様でした」

七海が締め括り、ようやく長電話が終了したが、妙ママはどうにも浮かない表情だった。ちらちらと匠海を見て、ぶつぶつ「無……」と呟いている。

「なにが無なんですか」

匠海が訊ねると、妙ママはよけいにしかめっ面をした。

「分からないの？」

「はい」

「ほんとの、ほんとに分からない？」

「はい」

妙ママは深々と溜息をつきながら天を仰ぎ、手で顔を覆った。

「タクの鈍感。私の絶望は当分、晴れそうにないな」

3

女優の演技メシ

妙《たえ》ママの命とも言うべき「小料理　絶《たえ》」は、昼間のランチ営業が忙しくなり過ぎたせいもあり、夜の営業を制限して週末だけ小料理屋を開くこととなった。

東京のエアポケット西小山、ムサシじゃないほうの小山、などとテレビ番組「アノ街」で大々的に紹介されたおかげで、オムライス目当ての客がひっきりなしに訪れた。

蒼生司が制作したムンク風アート看板のおかげなのか、はたまた絶望オムライスという捻ったネーミングのおかげなのか、ずらりと西小山の駅前まで続く長蛇の列ができ、幾日も行列が途絶えることがなかった。ほとんどオムライス専門店と化した現状は、客との触れ合いが何よりの生きがいである妙ママには不本意だろう。

目が回るほどに忙しくなって、週末の縁起メシを考える余力さえない。

「生きていると、いろいろ滅入ることがあるじゃない。ここで美味しいお酒を飲んで、気の利いた小料理を食べて、いっぱい喋って、ストレスを捨てて帰って欲しい」

妙ママはそんな思いで「小料理　絶」を営んでいたが、果てしなく続くランチ客にオムライスを提供することに疲れ切ってしまい、夜の営業まで手が回らない状況に陥っている。

黙々とオムライスを作り続けている匠海も腱鞘炎に悩まされるようになった。ランチ客が途切れた後、真っ白に燃え尽きたボクサーのようになり、カウンターに突っ伏して仮眠を取るのがささやかな楽しみだ。

「タク、疲れてない？　オムライスの営業日を少し減らそうか」

妙ママが気遣ってくれるが、オムライスを作り続ける疲労感は心地良かった。

目の前でオムライスを美味しそうに食べている客の姿を見るのは、匠海にとってかけがえのないものだ。

——このオムライスを食べれば、きっと絶望を忘れられるよ。

そういう希望を込めて、匠海が作る一品に「絶望オムライス」と名付けた。

オムライスという幸福な食べ物によって、ちょっとでも生きるのが軽くなってくれたらいい。

「妙さんのほうこそ、気晴らしが必要なんじゃないですか」

「うーん、そうねえ」

ぐったりと疲れ切っている妙ママを見るのは忍びない。

太陽のように笑う妙ママの笑顔を見たいけれど、匠海の作る絶望オムライスでは妙ママの疲労を癒してやることができない。ひょっとして、絶望オムライスが妙ママの重荷になっているのではないだろうか。そう考えると、匠海は気鬱になる。

フライパンを振り続けて、いつのまにやら手の皮が分厚くなった気がする。

匠海はまじまじと己の手を見つめた。

この手は大切な人を殴るためでなく、大切な人を抱きしめるためにあるのだ。

しかし、人前では抱擁はおろか、手をつなぐことさえできやしない。

「小料理　絶」から自宅まで、歩いて五分とかからぬ道程であるが、仕事終わりに妙ママと手をつないで帰るのが日課だった。

人目を気にすることがなかったがゆえだが、テレビ番組で紹介されてからというもの、西小山を訪れるすべての人が妙ママと匠海の関係について探るような視線をくれるような気がする。

暗い夜道はまだしも、明るい昼間は勝手が違う。たぶんに自意識過剰なだけかもしれないが、女将と従業員の関係だけではないだろう、と後ろ指を指されているような気がして、なんとなしに居心地が悪い。

若い母親が五歳の子供と手をつないでいてもなんら違和感はない。しかし、妙ママのような妙齢の女性が公称十八歳の少年とも青年ともつかぬ不安定な男と手をつないで歩くのは世間には奇妙に映るようだ。

およそ親子には見えない。さりとて家族にも見えない。では、あの二人の関係はなんなのだ。そんな奇異な視線に晒され、どちらからともなく手を離した。

妙ママの手の感触を感じながら歩くことは匠海にとって未知の感覚だった。殴る男である父の印象があまりにも強烈で、匠海は幼い日に母に手を引いてもらったことがあったか、ほとんど記憶にない。ごつごつした匠海の手と違い、妙ママの手は柔らかく、ただ手をつないでいるだけで無性に安心感を覚えた。

手に手を重ねて歩くことは、二人に特別な絆があり、特別な関係があることを意味する。妙ママと匠海は道行く人の前では堂々としていられない。あくまでも夜道限定で、人目を憚りながら手をつなぐ関係はおよそ特別とは程遠い。

——手をつないで歩く。

そんなささやかなことがかけがえのないものであったのだと、はじめて気がついた。

「妙さん」

「なあに、タク」

妙ママには呼び捨てにしなさいと散々言われているけれど、どうにも気恥ずかしいので、妙さんと敬称をつけてしまう。

いつまでも妙と呼ばないので、少し不満そうだ。

言葉尻に、ちょっぴり棘がある。

「妙の絶望はどうしたら晴れるかな」

思い切って呼び捨てにしてみると、妙ママがにやにや笑った。

「ぬふふ。年下かあ、年下は良いよね」

なんだか、はぐらかされた気がする。匠海にはどうしようもないことなので、年齢を弄られるのはあまり好きではない。匠海がふて腐れると、妙ママが苦笑いした。

「あー、もう。怒らないでよ」

「怒ってません」

「怒ってるじゃん」

「怒ってませんてば」

少々語気が荒くなり、妙ママがびくっと肩を震わせた。

「……あ、ごめんなさい」

匠海は捨てられた子犬のようにうなだれた。

顔もろくに覚えていないが、匠海の血の半分は殴る男から受け継いでいる。店でも、家でも、ずっと妙ママと分かちがたく暮らしていて、息が詰まりそうだと感じたことはある。

匠海を拾ってくれた命の恩人をまさか殴ることないが、血は争えない。

ふとしたはずみで、大切な人を傷つけてしまいやしないかと怖くなることはあった。

「ごめんなさい。妙さん、ぼく……」

「いいのよ、タク。気にしないで」

妙ママは言葉の上では笑い飛ばしたが、本心は窺い知れない。

「私の絶望がどうしたら晴れるか。そうねえ。久しぶりに元気印に会いたいかな」

「……元気印？」

「そ、年齢不詳の高校十二年生」


祝日に、妙ママの親しい友人だけを招いてのささやかな食事会が催された。軒先にアート看板は出しておらず、代わりにCLOSEDのサインプレートを掲げてある。

「お妙《たえ》、やほー」

栗色の髪をした制服姿の霧島綾が飛び込んでくるなり、「小料理　絶」がぱっと華やいだ。

「久しぶり、綾。今日は一人じゃないのね」

「あたしの弟ズを連れてきた。リオンは姉ちゃんとメシなんてうぜーし、って言うから置いてきた」

「なんで制服を着てるの？」

「おハルと制服デートのつもりだったけど、裏切られた」

霧島綾は我が物顔で、特等席であるカウンターの端っこに座る。

綾がちょいちょいと手招きすると、綾の実弟であるシオンがぺこりと頭を下げた。女優の姉と瓜二つの美形だが、こちらはとても礼儀正しい。

「今日はお招きいただき、ありがとうございます」

涼やかな声は女性のようにも聞こえる。

男女兼用と思しきオフピンクのパーカーは姉のお古だろうか。

「ハルちゃん、おいで」

霧島シオンの背中に隠れるようにしてやって来たのは小説家の藤岡春斗。

春めかしいオレンジ色のパーカーを着ており、背格好も似通っているので、シオンと春斗は双子のような雰囲気がある。以前、「小料理　絶」を訪れた際、シオン先輩に顔を合わせづらい、と嘆いていたのが嘘のような親密ぶりだ。

「あら、鶏もつのおかげかしら」

いつぞや、春斗は縁を取りもつ縁起メシの鶏もつを食べた。

そのご利益があったのか分からないが、妙ママがすかさず突っ込んだ。

「縁起メシのこと、お姉ちゃんから聞いてます。おかげさまで今は仲良しです」

シオンはおっとりした口調で言った。

「春斗君、先輩と顔を合わせづらい事情ってなんだったの？」

個人的な事情にはあまり踏み込まない妙ママだが、あいにく今日は営業日外である。興味の赴くままに根掘り葉掘り訊ねた。

「……えーと、それは、その」

春斗はどうにも挙動不審で、視線を彷徨わせている。ごにょごにょ言う声は聞き取りづらく、要領を得ない。困り切った春斗の代わりにシオンが代弁した。

「ぼくもハルちゃんもバスケ部だったんですけど、一学年違うので、ぼくが部活を引退した後、ハルちゃんだけが置き去りになったんです」

幼稚園から大学までが同一敷地内に揃う一貫校の私立・緋ノ宮学園中等部に入学した春斗はなかなか学校に馴染めなかった。一年先輩のシオンにバスケ部に誘ってもらい、春斗は兄のように慕うシオンにべったりであったが、シオンがバスケ部を引退すると、ひとりぼっちになってしまった。

中等部三年の夏、傷心の春斗はバスケ部を逃げるように退部した。

バスケ自体に未練はなかったが、シオンになんの相談もせずに部活を辞めてしまったことに許されざる罪の意識があった。

特別に慕っていたからこそ、シオンを裏切った、という良心の呵責に囚われていた。それゆえ春斗は高校に進学してからというもの、バスケ部の先輩たち、とりわけシオンの気配を察知するや、こそこそ姿を隠すステルスゲームに興じていたという。

「ぼくはぜんぜん嫌っていないのに、ハルちゃんは、シオン先輩に嫌われてる、合わす顔がないって思い込んでいたみたいです。高校の間中、ずっと避けられていました」

シオンが人好きのする笑みを浮かべた。顔を合わせづらい、というのは春斗の勝手な思い込みであったらしい。避けられ続けた当事者であるシオンの口から説明されると、なんとも子供じみた理由に聞こえた。

「学年は違いますけど、同じ高校に通っていたから、通学路や教室の廊下でばったり会いそうなものですけど、それがぜんぜん会わないんです。ハルちゃん、隠れる気になったら本気で隠れるんですよ。そういえば運動会や文化祭の時も見かけなかったな」

カウンター席の端っこにちょこんと座った春斗は、過去の行状を暴露される恥ずかしさからか、気配を消している。

「そんで、グレて小説家になっちゃうところがおハルらしい」

「……いいじゃないですか、べつに」

「おハルは中二からぜーんぜん成長してないね」

女優の霧島綾に大笑いされると、春斗はますます存在感を薄れさせた。

「シオン君と春斗君の縁はどうやって復活したの？」

妙ママが縁起メシ方面の疑問を呈した。

縁を取りもつ鶏もつの効能がいかほどか、気になるらしい。

「ハルちゃんが小説家を目指していたのは知っていました。新人賞の受賞作も読みました。デビューおめでとう、頑張ったねって言いたかったのに、ぼくの顔を見ると、すぐ隠れちゃう」

シオンは憂いを帯びた目で春斗を見つめた。

「でも本気で隠れたかったら、本名とぜんぜん違う筆名《ペンネーム》にしなきゃ駄目です。本名そのまんまじゃ隠れられない。こそこそ隠れるわりに、内心は見つけてほしかったんです。バスケ部を辞めたことは怒ってないよ。それより小説の話をしようよ、と言ったら、ようやく逃げるのをやめてくれました」

シオンを横目に春斗は終始照れ笑いを浮かべていた。春斗はすっかりシオンには心を許しているようだが、綾には警戒心を隠さない。

「おハル、制服で来いって言ったじゃん。なんで私服なのさ」

どうにも春斗は、ぐいぐい迫ってくる綾が苦手なようだ。

シオンの影にこそこそ隠れて、微妙な距離を保っている。

「ほれ、おハル。なーに照れてんの」

まるっきり女子高生の綾が迫ると、春斗は大慌てで避難した。

綾は双子の弟が出場するバスケ部の試合をちょくちょく観戦しに行っており、春斗のことは中等部一年生の頃から見知っていたという。弟同然に可愛がっていたが、人見知りの春斗は綾が襲来するたび、シオンの影に隠れたようだ。

「逃げんなし」

綾はぷうっと頬を膨らませて、不満をあらわにした。

「ほーんと、おハルはあたしに懐かないねえ。うちの猫もハルっていうんだけど、おハルもだいたい猫《にゃんこ》」

どうにも居心地の悪そうな春斗に妙ママが助け舟を出した。

「春斗君、ロダンの小説を書くって言っていたじゃない。あれはどうなったの」

にこにこ微笑んでいるシオンを真ん中に挟んで、綾から距離をとった春斗が仏頂面で言った。

「書き終わりましたけど、出版見送りになりそうです」

「え、どうして？」

妙ママが不思議がった。

「いつまでも平成が終わらず、ひたすら同じ時間が繰り返す、ループものを書いたんです。どうやれば平成が終わるのか、考える人がくどくど考える小説なんですけど、変化球過ぎて読者が理解できないと駄目出しされました」

「なにそれ、すごく面白そうだけど」

「発想は良いですが、読者を置いてけぼりにする部分が気になりましたって」

担当編集者の菜穂子はどうにか出版に漕ぎつけようとあれこれ奔走してくれたそうだが、あまりにも突飛過ぎる内容であるため、美術考証の取材からやり直すべきでは、という意見まであったという。

3
女優の演技メシ

「上野の国立西洋美術館のロダン像は見ましたけど、静岡県立美術館にもロダン館があるみたいです。そっちも見に行きませんかって編集者さんに言われてますけど、あんまり気が乗らなくて」

　春斗がぼそぼそ言っている。

「編集者と一対一《サシ》で旅行するの、ムリってだけでしょ。気疲れしちゃうから」

　綾が茶々を入れる。

「だったら、あたしと取材旅行に行くか」

「もっと無理です」

　春斗がごにょごにょ言っている。

「なんだよ、照れんなし」

　綾は春斗ににじり寄り、うりうりと小突いた。

　春斗はなんとも居心地悪そうに黙りこくっている。

「タクミン、オムライス三つ。お腹減った」

「はい」

　霧島綾の注文を受け、匠海はオムライス作りに取り掛かった。

　鶏肉、マッシュルーム、玉葱をサラダ油で炒め、三人前のご飯を投入する。

　特製のトマトソースを混ぜ合わせ、塩コショウで味を調える。

チキンライスはこれで完成。

鉄製の黒いフライパンにサラダ油を馴染ませ、バターを溶かし、割りほぐして調味した卵を流し入れる。強火にかけて、フライパンと箸、両方を動かしてかき混ぜる。

卵が半熟になったら、フライパンの奥側へ卵を返していく。

フライパンの柄を持ち上げて、柄の付け根部分を叩く。

向こうから返ってきた卵にチキンライスを乗せ、木の葉形にまとめ、焼き色を付ける。

フライパンに皿を添え、柄を逆手に持ってひっくり返す。

手慣れた手つきで、一つ目のオムライスができた。

「わあ、美味しそう」

オレンジ色のチキンライスを卵でふんわりと包み、特製のデミグラスソースを回しかけると、綾が感嘆の声をあげた。

「ああ、食べるのがもったいない」

「冷めないうちにどうぞ」

匠海は二つ目、三つ目のオムライスを仕上げた。

「絶望オムライスというより満月オムライスだよね」

綾は楕円形の絶望オムライスをスプーンですくった。

「どういう意味？」

3
女優の演技メシ

妙ママが首を傾げた。

「満月だったのに、食べたら月が欠けちゃって、最後には翳《かげ》っちゃう」

「そりゃ、食べたらなくなるでしょうよ」

「うまっ！」

妙ママの呆れた顔をよそに、綾はふるふると身悶えた。

全身で美味しさを表現してくれると、作り甲斐があるな、と匠海は思った。

純粋に喜んでくれると、それだけで嬉しくなる。

「おハルは三つぐらい部品《パーツ》があれば小説を書けるんだっけ」

「ええ、まあ」

「それって、落語の三大噺《さんだいばなし》みたいなものじゃん」

落語家が客から出された三つの題材を組み合わせて、即興で話を作ることを「三大噺」という。春斗の小説の書き方はそれに近いそうだ。

「んじゃ、おハル。お姉ちゃん大好き小説を書きなよ」

「……は？」

春斗はなんともいえない微妙な表情を浮かべた。

「意味わかんないです」

それとなくシオンに助けを求めるが、すでに姉弟で盛り上がっていた。

「お姉ちゃん大好き小説か。ぼくも読んでみたいな」

「でしょ、でしょ」

「残りのお題は？」

「んーとねえ、じゃあ龍」

綾はちらりと、壁に掛かった竜の絵を見た。

「この絵は竜田揚げの竜らしいけど、あたしが言ってるのは烏龍茶の龍」

「なにが違うんですか」

「自分で調べな、おハル」

綾は食べかけのオムライスを見やった。

「あと、月」

妙ママは驚くやら、呆れるやらの表情だった。

「お姉ちゃん大好き、龍、月……。そんなので小説を書けるの？」

「書けません」

春斗はすっかり逃げ腰で、綾から遠ざかった。

「書きなよ、おハル。つーか、書け」

「その三つだと、部品が足りないです」

綾に翻弄される春斗は、北風に絡まれた旅人のようだった。

「お姉ちゃん大好きは主題《テーマ》であって、道具《パーツ》ではないです」

「おハル、屁理屈。テーマとパーツ、どう違うのよ」

綾がじとりと睨むが、春斗はどこ吹く風だ。

「テーマは小説の背後にあるもので、大切なものは目に見えないのです」

しれっと言ってから、春斗は墓穴を掘ったことに気がついたらしい。

あわあわしながら前言撤回しようとしたが、綾はチェシャ猫のような笑みを浮かべた。

「お姉ちゃん大好きは余白に匂わせるってことか。おハル、ツンデレ」

女優の遊び道具《オモチャ》と化した春斗は心底不本意そうな顔をした。

「そんじゃ、タクミン。もうひとつ、お題を」

綾は調理を終えたばかりの匠海に題材を求めた。

「ぼくは、ただ手をつなぐだけの小説が読んでみたいですね」

人の目を気にして、大切な人と手さえつなげないご時世である。

ただ手をつなぐことの尊さを再認識できるような物語に浸れたら、ほんの片時でも、いかんともしがたい絶望を忘れることができるやもしれない。

「にゃはは、それいい！　最高！」

「それ、なにかの当てつけですか」

綾は腹を抱えて大笑いし、春斗は能面のような無表情だった。

「おハル、書き上がるまでお姉ちゃんが傍にいてあげようか」

「いいです」

春斗はぷいっ、とそっぽを向いた。

「ああ、もう。おハルは可愛いねえ。可愛げのないところが可愛い」

綾は春斗の猫っ毛をくしゃっと撫でて、文字通りの猫可愛がりだった。

「ぼく、そろそろ帰っていいですか」

もう限界です、とばかりに春斗が消え入るような声で言った。

「お姉ちゃん大好き小説を忘れんなよ、おハル」

「善処します」

春斗はぺこりとお辞儀し、そそくさと立ち去っていった。

「ご馳走様でした。久しぶりに美味しいオムライスが食べれて嬉しかったです」

シオンは妙ママと匠海の顔を真っ直ぐに見据え、深々と礼をすると、春斗を追いかけた。

「小料理　絶」に妙ママの特別な友人である霧島綾だけが残された。積もる話もあるだろうから、と気を利かせたのか、しつこく絡んでくる綾から本気で逃げたかったのかは定かではない。

「おハルは気が利くんだか、気が利かないんだか」

制服姿で道化ていた表情が一変し、綾がいっきに大人びた。

「追うと逃げる猫みたいでしょ」

綾がくつくつと笑う。

「たしかに」

「追わないと、寄ってこないんだよね。これがまた」

「いいんじゃないの。綾の良さが分かるにはまだ経験不足でしょう」

「おハル、どんな小説書いてくると思う？」

「さあ。綾の趣味じゃないだろうけど、案外待つのも楽しいよ」

「そーお？」

女性同士で通じ合っており、匠海はすっかり蚊帳の外だった。

「忘れた頃に書いて持ってくるでしょ。あたし、おハルに警戒されてるから」

「なにかやったの？」

妙ママは興味津々だが、綾は小悪魔のように、にやにやしている。

「即興演劇のふりして、どさくさにまぎれてキスしたことある。おハルのやつ、ファーストキスだったっぽくてさ。死後硬直したみたいに固まっちゃって、あたしのこと意識しまくりなの」

「なにそれ、どんなシチュエーション？　もっと詳しく」

妙ママが俄然、食いついた。

「お妙、恋愛話に食いつき過ぎ。経験値が少ないのがばれる」

「しょうがないじゃない。小料理屋をやっていると、いろいろ恋愛相談されるからさ。お客さんから聞いた話を、さも自分が体験したことのように話すと、妙ママはなんでも答えてくれる恋愛マスターみたいな扱いになってさ。もはや半分、占い師よ」

「にゃはは、自分で自分の首絞めてるじゃん」

綾は膝を打って大笑いした。

妙ママは匠海の横顔をちらちら見ながら、綾に相談するとでもなく言った。

「綾は年齢差とか気になったりしないの？」

「ぜーんぜん。あたし、永遠の十七歳キャラだから」

「そうね。そうでした。聞いた私がバカでした」

「お妙って他人の相談に乗っているときは姉御肌なのに、自分のことになると弱いよね。そういうとこ、好き」

女優の屈託のない笑みは、さして女性に関心のない匠海にも魅力的に映った。

「ねえ、綾」

「う？」

「綾はどうして年下が好きなの」

んー、と綾は口元に指を添え、悩ましげに小首を傾げた。

3
女優の演技メシ

「年下全般が好きなわけじゃない。おハルは特別」

「うん。だからさ、どこが特別なの。春斗君は可愛いけど、綾がそんなに特別に思うほど、特別な感じはしなかったな」

綾はへらへらした薄笑いを引っ込め、生真面目な調子で言った。

「お妙は生まれ変わりって信じる？」

綾が遠い目をした。

「……生まれ変わり？」

「そ」

綾はそれっきり押し黙り、春斗を特別視する理由を深く語ろうとしなかった。

束の間の静寂が「小料理　絶」を包み込む。

綾の両頬から、ごく自然に、すーっと涙が溢れてきた。

「ど、どうしたの？　いきなり演技のスイッチが入った？」

付き合いの長い妙ママでさえ、突然の涙には驚きを隠せなかった。

「お妙がいろいろ聞くから、いろいろ思い出しちゃった」

綾は涙をぐしぐし拭うと、晴れ晴れとした表情を見せた。

「タクミンの縁起メシはオムライスでしょう。あたしにもあるの、縁起メシ」

綾は匠海をちらりと見やり、訥々と話し始めた。

「役者だから、『演技メシ』っていったほうがいいかな。縁起を担ぐほうの縁起じゃなくて、演じるほうの演技」

吉事到来を願う縁起メシではなく、女優を演じるための演技メシ。

霧島綾にも、匠海にとってのオムライスのような特別な料理があるようだ。

「タクミン、聞きたい？」

「聞きたいです」

匠海が身を乗り出すと、綾が勿体ぶった。

「えー、どうしようかなあ。長居しちゃったし、また今度にしよっかな」

口ではそう言いつつも、喋りたそうにしているのは匠海にも分かった。

「ここまで喋ったんだから最後まで喋りなよ、綾」

妙ママが焦れったそうに言った。

「えー、お妙も聞きたいの？」

「聞きたい！」

「素面《しらふ》じゃ、ちょっとなあ」

「なにが飲みたい。八海山？　獺祭《だっさい》？」

「んじゃ、黒霧島」

「はいはい、承知いたしました。ロックでいいんでしょう」

3
女優の演技メシ

「う」

妙ママはグラスに氷を山盛りに入れ、七分目まで黒霧島を注いだ。

右に三回、左に一回、氷を溶かすようにゆっくり混ぜる。

再び氷をたっぷり入れ、黒霧島を注ぎ入れた。

グラスの表面に水滴が現れると、ちょうど飲み頃だ。

「あんなに小さかった弟がもう二十歳かと思うと、子育てをやり切ったような達成感があるよね」

一献傾けた綾は、しみじみとした調子で言った。

「いや、弟は子供じゃないでしょうよ」

妙ママの訂正を、綾はやんわりと否定した。

「あたしにとっちゃ子供みたいなものだよ。あたしが稼がなかったら、一家が野垂れ死ぬしかなかったから」

酒の力を借りた綾の口振りは滑らかだった。

「あたしの演技メシは『ＨＡＲＵ』のステーキ弁当。舞台で座長を務めるとき、いつもこのステーキ弁当を差し入れてた」

＊

名店と名高いステーキ・ハウス「ＨＡＲＵ」は、霧島綾の祖父の馴染みの店だった。曾祖父・霧島春一《はるいち》が御殿場の地に築き上げた「霧島組」、後の「霧島建設」を祖父の巌《いわお》が受け継いだ。無類の美食家である巌はとにかく肉が好きで、わけてもＨＡＲＵのステーキがお気に入りだった。

裕福な家の一人娘である綾は何不自由ない暮らしを享受していたが、綾が中学一年生になったとき、大津波のような悲劇が霧島家を襲った。

綾の母は三つ子を身籠った。

三つ子がもうすぐ生まれそうだという報告を受けた父は御殿場から元麻布にある病院まで急いだ。東名高速に乗り谷町ジャンクションに差しかかった頃、長距離輸送トラックに突っ込まれた。

ドライバーは飲酒しており、べろべろの酩酊状態で、父の乗った車は大破し、遺体は本人特定が困難なほどに原形をとどめていなかった。相手ドライバーは掠り傷程度で済んだという。

悲報を受けた母は後追いしなかったのが不思議なほどに取り乱し、三つ子のうち一人が

3
女優の演技メシ

死産であった。

双子の誕生日は、同時に父の命日となった。

心身を喪失した母に代わって、綾が双子に名前を付けた。

霧島リオン、霧島シオン。

だが、三つ子のうちの一人だけは名もないままにあの世に旅立った。

愛する夫と無事に生まれるはずだった愛児を同時に失って、母の中でたぶん何かが音を立てて壊れた。リオンとシオンの顔を見るたび、母は思い詰めたような辛そうな顔をする。すくすくと元気に育つ双子の姿を見守りながら、生まれ得なかったもう一つの命に許しを請う日々に、母は目に見えてやつれていった。

贖罪しようにも相手は死者だ。母までもが死の世界にふらりと引きずり込まれないよう、残された家族は目を皿のようにして母の挙動を注意深く監視した。

綾はそんな複雑な家庭環境で育ったから、誰も綾には構わなかった。

綾は双子の育ての親も同然であったが、健康不安のあった祖父が腹心の部下に騙されて会社を乗っ取られると霧島家はいよいよ進退窮まった。十七歳で女優となった綾が一家の大黒柱となり、なんとか生き長らえたが、この世に生まれてこられなかった三つ子の一翼のことを忘れた日はなかった。

双子が中等部二年生となった四月、新入生として藤岡春斗が入学してきた。人見知りの春斗はなかなか学校に馴染めなかったが、霧島双子とだけは打ち解けた。

祖父が愛したステーキ・ハウスの名でもあり、曾祖父・春一と同じく「春」の名を冠した少年を一目見るなり、綾は「この子は三つ子の生まれ変わりだ」とぴんと来た。生まれ変わりなど非科学的だ、と信じない向きもあるが、内心でそう思っているだけ。

本物の三つ子のように親しげな三人を見て、人知れず綾は満足感を覚えた。

＊

「……壮絶ですね」

綾の昔語りに聞き入っていた匠海がぽつりと言った。殴る男を父に持つ境遇を呪ったことは一度や二度ではないが、裕福な家庭に生まれたからといって、すべてが順風満帆なわけではないことをつくづく思い知らされた。

「そっか、そっか。綾としては子育てが一段落した、みたいな気分なわけか」

妙ママがひとりごちる。

「そーそー。学生らしい青春なんてなにもなかったから、今からちょいと青春時代を取り戻そうなんて思ってるわけ」

年甲斐もなく若やいだ制服を着ている綾は、十七歳のまま時を止めていたのだろう。

3
女優の演技メシ

双子の弟たちを食わすため、必死に演技した。

綾曰くの子育てが一段落し、ようやく止まっていた時間が動き出した。

「縁起メシがステーキ弁当ねえ。ちょいちょい育ちの良さが滲んでるわね」

「そーね。三つ子の魂百までって言うもんね」

「それ、意味ちがくない？」

綾と妙ママはかちんと杯を交わした。くいっ、と酒をあおる。

「でも綾は春斗君のことを実の弟のように思っているんでしょう。実の弟に手を出したら、さすがにマズくない？」

綾がにゃはは、と高笑いした。

「実の弟のように思っているだけで、血は繋がってないもん。おハルは合法弟だから、手を出しても、ぜんぜんオーケー」

「なによ、合法弟って……」

妙ママがしょうがないわね、と言いたげに呆れかえっている。

「シオンはあたしに懐いてるけど、おハルはあたしのこと、めっちゃ警戒してんのよね。ま、そういうところが可愛いんだけど」

「そりゃあ、どさくさまぎれにファーストキスを奪われたら警戒もされるでしょう。でも、綾に迫られたらどんな男もイチコロだと思うんだけど、けっこう守備力高めなのかしら」

「おハルには小説のお師匠さまがいましてね。両天秤で揺れてんの」

「へえ、そうなんだ」

妙ママはすっかり話にのめり込んでいるが、匠海は片付けを始めた。

「お妙センセー、年下男子をイチコロにする必殺技を教えてください」

綾がおちょくるように言った。

妙ママは挑発を物ともせず、きりりと言い放った。

「大人の包容力を見せつつ、でも年齢を卑下したりしてはだめ。頼れるお姉さんでありつつ、ときには甘えたりするのもいいギャップになるわ。下手に駆け引きをせず、好き、寂しい、と素直に伝えるのがいいわね」

綾は腹をよじって大笑いした。

「いやあ、さーすが恋愛マスター。ほんと勉強になります」

「そうでしょう。小料理屋の女将に恋愛相談は必須スキルよ」

妙ママはふふんと胸を張る。

久しぶりに親友と語らって、妙ママもずいぶんとガス抜きができたようだ。

「お妙、こんどステーキを焼いてよ。また食べに来るから」

「それは思い出のステーキ・ハウスで食べなさいよ。縁起メシのリクエストがあれば作ってみるけど、さすがに綾の舌を満足させられる自信はないわ」

「えー、ケチ」

綾はこれ見よがしに、ベー、と舌を出した。

「そんじゃ、こんどはお妙の縁起メシを食べさせてよ。あたしはステーキで、タクミンはオムライスだけど、お妙はなんなの？」

綾がしれっとリクエストした。

「私の縁起メシ？」

「そ。お妙にもあるでしょう、特別な一品が」

「私の縁起メシか。うーん、なんだろ」

縁起メシを信奉する妙ママの特別な一品はなにか。

そう訊ねられた妙ママが困り切った表情を浮かべた。

「これぞ、って言われると困っちゃうな」

「それは次の機会に。今日はとても楽しかった。そんじゃーね」

霧島綾はひらひらと手を振り、風のように去っていった。

4

自立プリン

テレビ番組で西小山が特集された影響もあり、絶望オムライス目当ての客がひっきりなしに訪れた。

匠海も妙ママも駅まで続く行列を見て、嬉しい反面、げっそりした気持ちになった。

そのせいで夜の営業を縮小していたが、このところ特集効果もようやく薄れ、ランチ営業の忙しさも一段落した。

ランチは匠海が担当で、夜の営業は妙ママの主戦場だ。お客と触れ合うのが何よりも楽しみの妙ママは、夜の営業になると、うきうきして小躍りする。

縁起メシの仕込みをする際、鼻歌まで歌い出して、いよいよ本領発揮か、と思いきや、カウンターを占拠した無粋な男性客に幸せな気分をぶち壊された。

「聞いてよ、妙ママぁ。ぼかぁ、もう悲しくて、悲しくて、もうなにも喉に通らない」

貫禄のあるでっぷりとした腹を震わせて、四十絡みの中年男がみっともなくおいおい泣いている。

これは泣き上戸というやつなのだろうか。

万人に優しい妙ママは邪険にこそしないが、笑顔が若干引き攣っている。

その顔に、「うわっ、メンドクさ」と大書されている。

「ねえ、聞いてるぅ。妙ママぁ。ぼかあ、悲しくて、悲しくて眠れないんだよう」

他の客は関わり合いを避けており、カウンターには中年男ひとりしかいない。妙ママを独占し、甘ったれた口調で喋っているのは、アニメーションスタジオ『ハバタキ』のプロデューサー・響谷《ひびや》一生《いっせい》。

仕事《アニメ》に理解のある結婚相手《パートナー》を探していて、毎回違う女性を連れてくるのが定番だが、今日は珍しく一人きりでの来店だった。

妙ママにたっぷり甘え、失恋の傷を癒しに来たらしい。

どうにも響谷は妙ママを結婚相談所のアドバイザーかなにかと勘違いしている節がある。

「ねえ、妙ママ。あの子、脈はあると思う？」などといちいち妙ママに助言を求めた。

海のように広い心を持つ妙ママは菩薩のような笑みを浮かべた。

「響谷さん、今日はめずらしくお一人ですね」

生々しい傷口には触れず、当たり障りないことを言う。

「そうなんだよ。妙ママ、聞いてくれる？」

「どうなさったんですか」

店内のテーブル席は馴染みの女性客で埋まっており、妙ママはそちらの接客をしたくて堪らなそうだったが、なかなか響谷が離してくれない。

「匠海君、オムライス頼んでもいい？」

「はい、喜んで」

テーブルの女性客から、裏メニューのオムライスを頼まれた。

夜の営業は縁起メシが中心であるため、絶望オムライスはメニューに掲げていない。知る人ぞ知る裏メニューとしてお出ししているが、テレビで特集された影響もあって、夜の営業でもオムライスを注文する客が大半だった。

夜に来れば、ランチ時の行列に並ばずに同じものが食べられる。

仕事帰りの女性客に重宝されており、一人飲みの女性客はオーガニックワインと併せて注文することが多かった。

せっかく新しい縁起メシを考案しても、思ったように注文が入らない。

裏メニューのオムライスばかり注文があって、妙ママは微妙に不満そうにしている。

夜の営業が終わるたび、「タクのオムライスは人気だね。私の縁起メシが霞んじゃったよ」と言って、ちょっぴり寂しげだ。

その都度、匠海は「なんか、すみません」と平謝りする。

ランチ営業では堂々とオムライスを作っているが、夜の営業では心持ち身を縮こまらせ、

4
自立プリン

妙ママの領域を侵さないようにしている。

なるべく無心でケチャップライスを作っているのに、いやでも響谷の声が耳に入る。

「既婚者なら、既婚者だって最初から言ってよ。ほんと、性質が悪い」

響谷がぐちぐちと毒を吐いている。

「結婚を考えた相手が実は既婚者だったんですか」

「そう！　さすが妙ママ！　よく分かってる」

おそらく響谷が一方的に見初めて、一方的な恋心を抱いたが、よくよく聞いてみたら、実は既婚者だったというパターンだろう。

会話に参加していない匠海にも分かりそうなものだ。

「お相手はどんな方だったんですか」

「妙ママもよーく知っている女性《ひと》だよ。絶《ここ》に連れてきたの、ぼくだし」

響谷は毎度毎度、新規の女性連れでやって来るため、数が多過ぎて相手を特定できない。

「響谷さん、いつもご贔屓にしていただいてありがとうございます。たくさん女性をご紹介していただいて、新しいご縁に感謝しています」

妙ママがにこりと微笑んだ。

「そうだよね。ぼく、絶の売り上げにけっこう貢献してるよね」

「はい。おかげ様で」

妙ママは如才なく振る舞っているが、視線はテーブル卓に向けられている。

「タク、オムライスがあがったら私が運ぶよ」

響谷から離脱する口実をあえて口にした。

「妙ママ、行かないで！　絶望オムライスなんて絶望が深くなるようなものを運ばないで、もっとぼくとお喋りしてよ」

響谷が駄々っ子のように拗ねた。

「僕が運ぶので大丈夫です。ゆっくりお話ししてください」

匠海はできあがったオムライスをテーブル卓へ運んだ。

妙ママが恨めしそうに「なんでよ。私に運ばせてよ」と目で訴えているが、見なかったことにする。妙ママを独占してご満悦の響谷から、いきなり妙ママを取りあげてしまったら、それこそ絶望が深まってしまう。他の客にも迷惑だ。

満足するまで毒を吐き出してもらい、気分良く退店してもらうのがいいだろう。

失意のアニメプロデューサーを癒す大役は、匠海には務まらない。

「妙ママ、失恋に効く縁起メシってなーい？」

ボトルキープした百年の孤独の一升瓶を愛おしげにさすりながら、響谷が言った。

「ありますよ」

「おっ、じゃあそれをひとつ！」

はて、失恋に効く縁起メシなどあっただろうか。

妙ママはいったいどうするつもりなのだろう。匠海がさりげなく見守っていると、妙ママがいそいそと作り始めたのは、まんま「幸せのサンドウィッチ」であった。

「失恋に効くサンドウィッチです。どうぞ召し上がれ」

「どうして失恋に効くの？」

ほろ酔いの響谷は不思議そうにサンドウィッチを眺めた。

「トーストにサンドするのが、しいたけ、春菊、しらたき、しらすなんです」

「へぇ、ぜんぶしがつくね」

響谷が感心したように言った。

「失恋の痛みをすべて飲み込んでしまえば、きっと幸せになれます」

しのつく物を四つ合わせて、幸せという語呂合わせであった「幸せのサンドウィッチ」をそのまんま転用し、「失恋に効くサンドウィッチ」と銘打った。

中身は同じ。

でも、効能は違う。

これぞ縁起メシの真骨頂だろうか、と匠海はちょっぴり感心した。

「美味い！　さすが妙ママ！　ぼかぁ、感動したよ」

こんがり、きつね色に焼き上がったトーストに白和えが挟まったサンドウィッチをむしゃむしゃ頬張り、響谷は感涙にむせいだ。以前に食べたことがあるのはすっかり忘却している。

木製の扉が開き、すらりとした長身の女性が店に入ってきた。

店内の混雑ぶりを確認すると、迷いのない足取りでカウンター席へと歩く。

響谷と一席空けた端っこに腰掛ける。

「妙さん、こんばんは」

「あら、菜穂子さん。いらっしゃい」

妙ママと親しげに挨拶したのは、編集者の折原菜穂子だった。

折原《おりはら》菜穂子《なおこ》、旧姓瑞原《みずはら》菜穂子《なおこ》。

いつぞや響谷が連れてきたお嫁さん候補であるが、結婚したばかりと知らされ、響谷はあえなく玉砕した。

もしや、あの時から失恋の痛みをずるずると引きずっていたのだろうか。

響谷の存在に気がついた菜穂子は小さく会釈した。

「あら、響谷さん。ご無沙汰しています」

特段嫌がっているような雰囲気はなく、ご近所付き合いの隣人に挨拶するような気軽さだった。しかし、挨拶された響谷は明らかに動揺しており、ぽろりと口からサンドウィッチが転げ落ちた。

小説家の藤岡春斗にロダンを題材にしたミステリー小説を依頼していた菜穂子は「小料理 絶」で打ち合わせをするつもりであったそうだが、肝心の春斗が姿を現さないという。

「春斗先生、心を閉ざしちゃったみたいです」

菜穂子が黄昏《たそがれ》たように言った。響谷の相手をすっかり放り出した妙ママは、喜々として菜穂子との話に興じた。

「そういえば、ロダンの小説が見送りになりそうって聞いたわね」

「春斗先生、こちらにいらしたんですか」

女優の霧島綾にしつこく絡まれ、狼狽する春斗を思い出したのか、妙ママがくすくす笑う。

「ちょっと前に来たわ。お姉ちゃん大好き小説を書きなって綾にせがまれて、すごく困っていた」

「すみません。綾さんとはどなたでしょうか」

「女優の霧島綾。綾の弟のシオン君と春斗君は仲がいいみたい」

「お姉ちゃん大好き小説ですか。それはミステリーなのでしょうか」

「さあ、どうかしら」

「別の小説を書きたい気分なんですね。春斗先生、目の前の小説に行き詰ると、気分転換に別のものを書きたくなるみたいなんです。そうか、困ったなあ」

菜穂子は眉尻を下げた。

「春斗先生のロダン小説、私は楽しく読んだんですけど、編集部の評価が芳しくなくて。作中の謎が綺麗に解明されるのがミステリー小説の醍醐味なんですけど、読めば読むほど混乱する騙し絵のような作品で、謎が投げっぱなしなのが駄目だと言われました」

菜穂子もオムライスを注文したが、話に夢中の妙ママは、ひたすら聞き役に徹している。

「これは文芸の書き方なので、もうすこしミステリーのお作法に則った改稿をしませんか、とお伝えしたら、それっきりお返事がなくて」

春斗は音信不通であるらしく、菜穂子は落胆の色を隠せない。「小料理　絶」で打ち合わせをしないかと誘い、直接会って改稿の方向性を探ろうとしたが、春斗は来そうにない。

——なにを話すんですか
——改稿の方向性についてご相談できれば
——はあ……

そんなやり取りが最後になったという。

「書き直すのが嫌なのかしらね、春斗君」

「純文学の作家さんなので、こだわりのある表現に手を入れられるのが耐えられないのかもしれません」

妙ママと菜穂子が一緒になって悩んでいる。

「ミステリーを書いたことのない春斗先生に無理やりお願いしたのは私なので、どうにかして本にしたいのですけど、大幅に書き直してもらわないことには本にならなくて」

いつの間にやら菜穂子の隣に座った響谷が顔を紅潮させ、恨みったらしく言った。

「ハルちゃんは純文学の鬼編集者にこってり搾られててね。小説を書くのが嫌いになりかけていたから、優しそうな編集者を紹介してあげたんだ。そしたらナオちゃんに裏切られたわけだ。ハルちゃんの絶望は察するに余りあるね」

響谷は「裏切られた」という部分をことさらに強調した。

「裏切ったなんて、そんな……」

「ナオちゃんの裏切り者！　ぼかぁ、傷ついたよ。少年の純情を弄んだな」

ツッコミどころ満載の私憤だが、菜穂子は律儀に頭を下げた。

「せっかく春斗先生をご紹介いただいたのに、至らぬ点ばかりで申し訳ありません」

「うん、まあ分かればいいんだ」

菜穂子に謝られ、響谷は溜飲を下げたらしい。

泣き上戸の酒は収まり、すっかり上機嫌だ。

「ナオちゃんは小説妖精の取り扱いを知らないみたいだね」

「なんですか、それ」

話題は「小説妖精取り扱いマニュアル」へと移行していた。

「ハルちゃんはノリノリで書ける超集中状態《ゾーン》と、さっぱり筆が止まる暗黒期《ダークサイド》があってね。無気力なときは餌と光が足りないだけだから、別に心配いらないよ」

「光？」

「ハルちゃんは基本的に闇属性でしょう。でもハルちゃんの小説のお師匠さまは光属性なのさ。お師匠さまに近付きたくて光を浴びるけど、眩しい光を直に浴び過ぎると、暗いとこに逃げたくなっちゃう」

春斗の小説のお師匠である高槻沙梨《たかつきさり》。

憧れの人である沙梨の近くにいたいが、近くにいすぎるとそわそわしてしまう。ゆえに沙梨の近くをふわふわ漂っている妖精さんぐらいで、ちょうどいいらしい。

幸せのサンドウィッチ改め、失恋に効くサンドウィッチを平らげた響谷は、すっかりいつものプロデューサー然とした態度に戻っていた。

「ああ、あとね。ロダンの考える人がテーマの小説なんでしょう。謎の解明が信じられないなら自分で考えてよ。それこそが『考える人』でしょう……てなことを匂わせる子だよ、ハルちゃんは。まったく面倒くさい子だね」

謎を綺麗に解くのがミステリー小説の醍醐味だが、あえて謎を投げっぱなしにした。

一見するとなにが「謎」なのか分からないミステリーとは許しがたい代物の顔をして、その実態は「小説構造そのものが謎」という、まことに人を食ったメタミステリー。

それこそが春斗の狙いであったのに「謎が投げっぱなしです」と改稿を指示された。なんだよ、この編集者。

なんにも分かってないじゃん、とムクれているらしい。

「春斗先生に光が必要なのは分かりました。それで餌というのは？」

菜穂子に訊ねられた響谷はすっかり得意絶頂だ。

「ハバタキにも縁起メシのようなものがあってね。新入りアニメーターが動画から原画に昇格するときに、社長に奢ってもらうと、一人前の証という食べ物があるんだ」

清澄白河に居を構えるアニメーションスタジオ『ハバタキ』の縁起メシ。

いったいそれはなんなのか、と妙ママも興味を抱いた。

「自立プリンと言ってね。土台がココア風味のスポンジケーキで、そこいらの軟弱なプリンと違って直立するんだ。ハルちゃんにとっても特別な縁起メシだよ。自立プリンを食べたおかげで文学賞を獲れたといっても過言ではないし、ハルサリコンビを招待して縁起の良い自立プリンをまるっと食べさせれば、ハルちゃんなんてイチコロだよ」

＊

匠海と妙ママは「小料理　絶」の定休日を利用して、自立プリンを食べに出掛けた。

清澄庭園に隣接する深川図書館の斜向かいにアニメーションスタジオ『ハバタキ』がある。隅田川の支流沿いにある『リバーサイド・カフェ』と軒を並べており、お隣がコーヒー屋とは羨ましい環境だ。

リバーサイド・カフェでは豆を焙煎中らしく、店内はモクモクと煙が立ち込めている。

匠海はコーヒーの味の良し悪しはよく分からないが、馥郁《ふくいく》たる豆の香りを嗅ぐと、なんともいえない幸せな気分になる。

東京のエアポケットである西小山はフランチャイズのチェーン店が根付かない土地柄だ。住民は店主や店員の顔の見える個人店を好み、町全体に家族的な空気がある。

匠海は食材の仕入れの際、西小山の町中を出歩くが、ぽつぽつとコーヒー屋を見かける。ふんわり漂ってくるコーヒーの匂いが好きで、香しい匂いはいつだって匠海をうっとりとした気分にさせてくれる。

西小山にコーヒーのイメージはないが、清澄白河はコーヒーの聖地だという。

本場のコーヒーはさぞや格別なのだろうか、と期待は高まった。

リバーサイド・カフェの軒先には、わずか三席のテラス席があった。

店内に空席がありそうか、妙ママが店の中を覗き込んだ。

「天気もいいし、ここの席にしようか」

「はい」

川風特有の湿った空気を肌に感じながら、温かいコーヒーを飲むのも一興だろう。

「ランチでも本格的なコーヒーを出したいよね」

「そうですね」

「コーヒーは奥が深いから、こだわりだしたらキリがないんだけどね」

「そうなんですか？」

「コーヒーの淹れ方講座にも行ってみようかなと思ったこともあるけど、縁起メシは和食ベースだから合わないじゃない。結局、習いにはいかなかったけど、オムライスとコーヒーだったらばっちり合うもんね」

忙しさもあって、今は業務用コーヒーを注ぐだけだが、妙ママはいずれ本格的なコーヒーを自分の手で淹れたいらしい。

だが、そうなると、もっと忙しくなることは目に見えている。

「無理のない範囲でできたらいいですね」

匠海がやんわりと言った。

妙ママは他人に喜んでもらうことが生き甲斐で、とにかくなんでもかんでも背負い込んでしまうきらいがある。

良く言えば、献身的。

悪く言えば、自分がない。

女優の霧島綾の演技メシがステーキ弁当だと知れば、こっそり美味しい肉の焼き方を研究しているし、ハバタキの縁起メシが自立プリンだと聞けば試食して再現してみたくなる。

「妙さんが自立プリンを作る必要がありますか」という疑問が匠海の喉から出掛かったが、そうと決めたら意外と強情なので、妙ママの望むに任せている。

リバーサイド・カフェの店内に足を踏み入れると、ショーケースに「ブラジルプヂン」と書かれていた。

「へえ。プリンじゃなくて、プヂンなのね」

コーヒーそっちのけで妙ママはショーケースをまじまじと見つめた。橙黄色のプリンがココアスポンジの土台に乗っかって、ぷるぷると揺らぐことなく、すくっと自立している。

響谷が言うように、「自立プリン」と称されるに相応しい直立ぶりだった。

店奥には大きな焙煎機があり、カウンターには十種類近いコーヒー豆が並んでいる。

メニュー表には「ペルー」「ドミニカ」「ルワンダ」「ニカラグア」などと豆の産地が記されているが、コーヒーに詳しくない匠海はどれを選んでいいのか、見当もつかない。

「タク、どれにする？」

「お任せします」

編み込みヘアにニット帽、鹿角を牙形に加工したネックレスを首から掛けた店主《マスター》は、話しかけるのが躊躇われるいかつい容貌だが、妙ママは臆さず話しかけた。

「ブラジルプヂンに合うコーヒーはなんですか」

「ドミニカだね。苦みと酸味のバランスが取れていて飲みやすい」

「じゃあ、それを二つ。あと、ブラジルプヂンを一つ」

マスターは流麗な手つきでコーヒーを淹れ始めた。

焙煎したドミニカ産の豆を挽き、ドリッパーにセットしたペーパーフィルターに粉末状になったコーヒー豆を入れる。細口のドリップポットからお湯を注いでいく。フィルターからぽたぽたと黒い液体がこぼれ、コーヒーカップに溜まっていく。

ぽたぽたと滴が落ちる様は、どことなく砂時計を思わせた。

「お待たせしました」

匠海はコーヒーとプヂンを受け取ると、妙ママの待つテラス席へ運んだ。

プヂンにはスプーンが二つ、つけてあった。

妙ママと匠海は向かい合わず、並んで座った。

店先を通り過ぎる通行人には、恋人同士に見えるだろうか。

それとも親子のように見えるだろうか。

「ありがとう、タク」

妙ママはコーヒーの匂いを嗅ぎ、カップの端に口をつけた。

「……あちっ」

熱くて、舌を火傷したらしい。妙ママは店を切り盛りしているときは大人びているが、時々子供っぽい仕草をするのが可愛らしい。

「なに笑ってるのよ」

妙ママがちょっぴりムクれた。

「妙さん、可愛いなあって」

「……は？　はあ？」

匠海が素直な感想を口にすると、照れ隠しにか、匠海の太腿をつねってきた。

顔はほんのりピンク色で、匠海のほうを見ようともしない。

「妙さん、痛いです」

「先に食べていいよ、タク」

「いいんですか」

「うん」

お言葉に甘えて、匠海はブラジルプヂンを食した。

濃厚なプリン生地、ほろ苦いカラメルに浸って、しっとりとしたココア風味のスポンジが混然一体となった味わいは、今まで口にしたことのあるプリンとは一線を画していた。

「へえ……」

「どんな感想よ、それ」

かなり硬めの食感。

甘さは見た目ほどでなく、控えめ。

ねっとりとした舌触り。

これは実際に味わってみないと分からないだろう。

「妙さんも食べてみれば分かります」

妙ママも食べかけのブラジルプヂンをスプーンですくった。

「へえ……」

匠海とまったく同じ感想を漏らす。

「プリンと言えばプリンだけど、たしかに食べたことない味だわ」

研究熱心な妙ママはプヂンの断面を子細に眺め、噛みしめるように味わい、「これ、コンデンスミルクかなあ」などと呟いている。

マスターお勧めのドミニカを味わった匠海は、こちらもやはり「へえ……」という言葉にならない感想だった。

頬を撫でる涼やかな風が心地良く、なんとも優雅な時間が流れている。

妙ママがぴったりと身体を寄せてきて、匠海の肩に首をもたせかけた。

「たまにはこういうのもいいね、タク」

「そうですね。ずっと忙しかったですし」

ひとつ問題があるとすれば、ここは妙ママにご執心の響谷の職場の隣だということ。

失恋の痛みから立ち直った響谷は、帰りがけにこっそり匠海に訊ねてきた。

「ねーえ、妙ママって独身だよね。恋人とかいるのかな」

「さあ、どうでしょう」

はぐらかしたわけではない。当の匠海も、妙ママとの関係をなんと呼ぶのか、いまいちよく分からなかった。いっしょに小料理屋を切り盛りし、寝食を共にする仲であるが、では恋人同士なのか、と聞かれると、「さあ、どうでしょう」としか答えられない。

手をつないで歩けば恋人なのか。

抱き合って眠れば恋人なのか。

それとも、将来を誓い合わなければ恋人とは言えないのか。

「妙さんは恋人とかいるんですか」

匠海が何の気なしに訊ねると、妙ママがぴくっと硬直した。

「どうしてそんなことを聞くの」

「お客さんにそう聞かれたことがあるので」

妙ママは匠海からすっと距離を取り、泣き笑いのような表情を浮かべた。

「むしろ、匠海は私のことをなんだと思ってるわけ」

「妙さんは妙さんです」

それ以上でも、それ以下でもない。

妙ママは「抱きしめる女」ではあったけれど、「殴る女」ではなかった。

施設で育ち、他人の家を転々としていた匠海に妙ママは安心をくれた。

世間が認めるような関係ではなくとも、妙ママ以上に特別な存在はいない。

「そう……」

しかし、匠海の返事を妙ママはお気に召さなかったようだ。

どことなくよそよそしい空気をまとわせ、すっと立ち上がった。

「そろそろ帰ろうか、タク」

帰りは手もつながず、その夜は抱き合いもせずに離れて眠った。

＊

リバーサイド・カフェを訪れて以降、匠海と妙ママとの関係に隙間風が吹いていた。

一方通行の恋に破れた響谷に供した「失恋に効くサンドウィッチ」の具材が大量に余っており、妙ママは賄いにも、夜食にも、ひたすら白和えのトーストを貪り食べていた。

禅寺の修行僧を思わせる徹底ぶりに、匠海はなんと声をかけていいかも分からない。

「タクは鈍感すぎるよ。私はずっと失恋しっぱなしだ」

失恋サンド片手に恨みがましく言われるが、いったい匠海の何がいけなかったのだろう。心当たりを思い浮かべてみるが、妙ママが不機嫌な理由を察することができない。

「妙さんはどうして怒ってるんですか」

「怒ってない！」

大声で怒鳴りつけるように言った。

「怒ってるじゃないですか」

「怒ってないってば！」

営業の際は努めてにこにこしているが、自宅に帰るや、不満を爆発させた。触らぬ神に祟りなし、という格言もあることだから、妙ママに触れずにそっとしておいた。夜に添い寝することもなくなった。

しかし、妙ママの機嫌は日に日に悪くなっていく。めっきり会話も少なくなっていく。

「妙さんはどうして怒ってるんですか」

「怒ってない！」

「怒ってるじゃないですか」

「怒ってないってば！」

会話は堂々巡りで、まともな話し合いはできやしなかった。

妙ママは足繁くリバーサイド・カフェに通い、マスターと仲良くなっていた。カフェ

4
自立プリン

で売っているプヂンは、「ブラジルプヂン研究家」を名乗る人物から仕入れているらしく、妙ママはマスターに紹介してもらった。

「西小山の小料理屋でもブラジルプヂンを出したいのですが」

そう申し出ると、快くレシピを提供してもらえた。自分なりにアレンジして作ってみたらいかがですか、と背中を押され、妙ママはブラジルプヂン作りに没頭している。だが、レシピ通りに作っているはずなのに、なかなかどうしてカフェで食べた味を再現できない。

「うーん、なにが違うんだろう」

妙ママは夜な夜なプヂンを作り続け、試行錯誤を続けていた。

プリン生地とチョコスポンジが分離してしまったり、カラメルソースが粘っこすぎたり、気泡《す》が入ってしまったり、スポンジの厚みが分厚過ぎ、ぼそぼそしてプリンを食べている気にならない失敗作だったりした。

プリンは自立するものの、滑らかな舌触りとは程遠く、とても美味しいとは言えない。いくらやっても試作品の域を出ず、「小料理　絶」で出す水準にならなかった。

「自立プリンがちゃんと自立する前に、タクが自立して出てっちゃうかな」

妙ママが自嘲気味に呟いた。匠海は妙ママがやりたいことを静かに見守っていたけれど、さすがに聞き捨てにできないひと言だった。

「妙さんはなにが不満なの」

ブラジルプチン作りに没頭する背中に問いかけた。

「タクが鈍感すぎるのに怒ってるの！」

妙ママは匠海のほうに振り向かず、怒りの声だけを投げつけた。

鈍感だと責めるくせに、なにがどう鈍感なのかは教えてくれない。

妙ママが不機嫌になった瞬間がいつだったか、匠海はあれこれと思い返した。

ひょっとして、「妙さんは恋人とかいるんですか」と問うた質問がまずかったのだろうか。

まさか、そんなはずはないと思うが、妙ママは匠海を恋人だと思っていて、それなのに、匠海がしゃあしゃあと「恋人とかいるんですか」などと聞いたものだから激怒したのか。

あり得そうもない線ではあるけれど、案外そんなような気もした。

「恋人とかいるんですか、と聞いたのがダメだったんですか」

妙ママはむっつりと押し黙っていたが、やがて小声で言った。

「……そーよ」

そんな些細なことで怒るなんて思いもしなかった。

「妙さんは僕を恋人だと思ってくれてたんですか」

「……ちがうの？」

消え入りそうな声は、捨てられた子犬のように弱々しかった。

匠海は、ははっ、と薄く笑う。

4
自立プリン

「ひどいのは妙さんのほうですよ」

いつぞやの妙ママの質問が頭の中でぐるぐると渦巻いた。

――匠海は私のことをなんだと思ってるわけ
まったく、ひどい質問だ。

施設育ちの匠海はお試し期間で里親候補と暮らすたび、本物でない二親《ふたおや》を、どうにかして本物の親だと思おうとした。

それが匠海の習い性で、親でないものをなんとか親だと思い込もうとした。

そうしなければ、新しい家族として認められないから。

妙ママのことも本物の母親だと思おうとしている。

そうすれば、ずっといっしょにいられるはずだから。

せっかく妙ママを本心から母だと思い込もうとしているのに、恋愛感情など邪魔なだけ。

「頑張って思い出のオムライスを再現しなさい。自分で食べて納得のいく味になったとき、それが君の縁起メシになる」

そう言ったのは妙ママではないか。母なる妙ママの言いつけを忠実に守り、ただひたすらオムライス作りに没頭した。それ以外のことには目もくれない。

ずっといっしょに暮らしたいからこそ心を殺してきたのに。

肝心の妙ママが匠海を恋人だと思っていたなんて、まったくひどい仕打ちではないか。

「妙さん、ぼくは施設で育ったから、親でない人をパパと呼び、ママと呼ばなければ居場所を与えられなかった。僕はずっと失敗し続けて、心の底からパパ、ママと呼べなかった」

匠海は感情を交えず、ごく淡々と話し続けた。

「妙さんとずっといっしょにいたいから、妙さんを本物のママだ、と思おうとした。でも、やっぱりそう思えない。妙さんは妙さんなんです」

恋人だなんて思っちゃいけない。

思ってはいけないのに、手をつないで歩いたり、抱き合って眠ったり。

これって、もしかして恋人なのでは、と勘違いしそうになる。

ぜったいに恋してはいけないのに。

母親だと思っていなければいけないのに。

手をつなぐ以上のことはしない。

抱き合って眠る以上のことはしない。

だって、母親とそういうことをしてはならないから。

「ひどいのは妙さんのほうですよ」

匠海が無機質な声で言った。

「そんなことを思っていたの？　バカ！　タクのバカ！」

自立プリン作りの手を止めた妙ママが勢いよく抱きついてきた。

匠海の胸をぽかすか殴りつける。

「遠慮なんかしないでよ。タクが居たいだけ居ればいい」

「自立しなくていいんですか」

匠海が混ぜっ返すと、妙ママにじとりと睨まれた。

「タクもたいがい面倒くさいわね。どこかの妖精さんといい勝負」

「さすがにあんなにひねくれていないと思いますけど」

匠海が苦笑いする。

「……んっ」

妙ママはトーストに白和えを塗りたくり、失恋サンドを匠海に押し付けた。

「責任もってぜんぶ食べなさい。私の失恋は高くつくんだからね」

「それで妙さんの気が晴れるなら、いくらでも食べます」

「おっ、言ったな。自立プリンの失敗作もいっぱいあるから、それもぜんぶ食べな」

「それはちょっと……」

なんだかんだで、妙ママの横暴には逆らうことができない。

失恋サンドと自立プリンの失敗作をあるだけ食べさせられて、お腹がぱんぱんになった。

「妙さん、もう勘弁してください」

「反省した？」

「しました」

「じゃあ、改めて質問するわ。タクは私のことをなんだと思っているの」

匠海は妙ママをぎゅっと抱きしめ、耳元で囁いた。

「妙さんはひどい女性《ひと》です」

ゲップとともに言ったから、まったくもって格好がつかない。

胃の中で失恋サンドと自立プリンが混ざり混ざって、逆流しそうになる。

「大好きです。うぷっ……」

吐きそうになりかけて、匠海は慌てて洗面所へ走った。

物事には限度というものがある。

失恋サンドも自立プリンも当分見たくなかった。

＊

妙ママの失恋騒ぎは、ちょっとしたボタンの掛け違いが原因だった。

よくよく話を聞いてみると、妙ママは匠海のことを従業員であり恋人であると思っていたらしい。

一方、匠海は妙ママのことをなんと思っていたか。

なんとしても妙ママを母と思い込まねば、いつか放り出されてしまう。

強迫的なまでの思い込みは、まるで呪いのように匠海を雁字搦めにした。

妙ママをひとりの女性として真っ直ぐに愛したいが、恋人だなんて思ってはいけない、とブレーキがかかる。

妙ママを母だと思おうとするが、素直に母と思えぬ葛藤もある。

本物の家ではないけれど、まるで家で過ごすかのような安心感を覚える。

出来ることなら、ずっとここに居て、妙ママとずっといっしょに暮らしたい。

でも、匠海からそれを言い出すことはない。

あくまでも、これは里親候補と暮らすお試し期間である。いつになくお試し期間が長引いているだけで、どこかで妙ママの気が変われば直ちに同居は解消される。そうと思い込んでいたのに、妙ママがきちんと言葉にしてくれた。

タクが居たいだけ居ればいい、と。

それこそが匠海が欲した言葉だった。

洋食屋に置き去りにされてから、いろいろな家を転々としてきた。

匠海を家族として扱ってくれた家はなく、結局自分はどこにも居場所がないのだと失望した。いいさ、そういう人生なのだ、と半ば諦めていた。

「ずっと一緒にいてよ、タク。私の家族になってほしい」

「はい。妙さんとずっといっしょにいたいです」

匠海が長年待ち焦がれた言葉の先に、いつもと変わらぬ添い寝が待っていた。薄明かりの下で抱き合って眠る。人生ではじめて「家」を得た静かな興奮がなかなか冷めやらず、匠海はいつまでも寝付けなかった。

夜が明けるまで、妙ママの安らかな寝顔を飽くことなく眺めた。

＊

妙ママはこのところ上機嫌で、自立プリン作りに没頭した。

匠海はすっかり食べ飽きていたが、夜な夜な繰り返し作り続けたおかげで、見た目も味もだいぶ安定した。妙ママはやはり料理する姿がよく似合う。

「けっこうリバーサイド・カフェで食べた味に近くなったと思わない？」

「そうですね」

「これならお店で出しても大丈夫かな」

匠海もさんざん手伝ったので、レシピを見ずとも作業工程は覚えていた。

まずは濃い目のカラメルソースを作り、型に流しておく。

その際、オーブンは１５０℃に温めておく。

4
自立プリン

お次はスポンジ生地を作る。

卵をボウルに割り入れ、上白糖を加え、ハンドミキサーでふわっとするまでよく泡立てる。油を加え、混ぜてから、ふるった粉類を入れてよく混ぜ、牛乳も加えて混ぜる。

スポンジ生地ができたら、カラメルの上に流し入れる。

卵三個、コンデンスミルク、牛乳をハンドミキサーでよく混ぜてアパレイユを作り、濾しながらスポンジ生地の上に流す。

バットに湯を張り、型を乗せ、四十分から四十五分ほど湯煎焼きにする。

表面を触ってみて、プリン液が固くなっていることを確認したら、オーブンから出す。

粗熱を取り、冷蔵庫でよく冷やす。型を逆さにして、お皿の上に乗せる。

チョコスポンジが下になり、上手にできていればプリンがしっかり自立する。

「菜穂子さんと春斗君、食べに来てくれるかな」

「さあ、それはどうでしょう」

妙ママはロダン小説がお蔵入りになりかけていると知り、編集者の折原菜穂子と小説家の藤岡春斗の話し合いの場を取持とうとしていた。

ふつうに呼び出すだけでもよさそうなものだが、アニメスタジオ『ハバタキ』の縁起メシである自立プリンまで用意しているお節介ぶりだった。

とにもかくにも、「小料理　絶」で生まれた縁を最後まで見届けたいらしい。

アニメプロデューサー響谷の小説妖精取り扱いマニュアルによれば、春斗をその気にさせるには、「光」と「餌」の二つが必要であるという。

自立プリンという「餌」はある。

しかし、春斗のお師匠である高槻沙梨の「光」が足りない。

「春斗君のお師匠さまも呼ばないと、話が進まないんじゃないですか」

「そうね。連絡先を知ってる？」

「知りません」

著名な小説家の連絡先など、匠海が知っているはずもない。

「響谷さんに聞けば分かるんじゃないですか」

「うーん、それはちょっと……」

妙ママは癖の強い響谷に連絡はしたくないようだ。

「あっ、そうだ。綾に聞けば分かるかも」

＊

妙ママの取り計らいもあり、「小料理　絶」で小説の打ち合わせが行われた。

打ち合わせとは言いつつも、実態は和やかなお食事会であった。

皆で絶望オムライスを食べ、食後にコーヒーと自立プリンを振る舞う予定だ。

この日のために妙ママはリバーサイド・カフェのマスターからドミニカ産のコーヒー豆を挽いてもらっている。コーヒーの淹れ方は独学だが、手つきはなかなかのものだ。

編集者の菜穂子、小説家の春斗とテーブルを囲んでいる清楚な女性が春斗のお師匠さまである高槻沙梨。切れ長の目が印象的で静けさに満ちている。

「はじめまして、折原菜穂子と申します」

菜穂子がうやうやしく名刺を差し出した。

「頂戴します。すみません、名刺を持ち合わせていなくて」

挨拶を交わす二人の横で春斗はどうにも居心地が悪そうだ。仏頂面で背後をちらちら眺めている。貸し切りにされた店のカウンターには、女優の霧島綾がにやにやしながら座っている。

「にゃはは、保護者参観日みたいで楽しいね」

綾は妙ママと談笑しつつ、春斗に向かって小悪魔めいた笑みを投げかけた。

「ここ、女優の縄張りじゃないですか」

春斗が小声でぼやいている。保護者然とした女優を意識し過ぎて挙動不審だ。

匠海は母なるトマトソースでチキンライスを作り、オムレツでふんわり包み、仕上げに特製のデミグラスソースをかけた。

「絶望オムライスです。どうぞ召し上がってください」

「美味しそうですね」

春斗の隣に座った高槻沙梨が相好を崩した。

「綾さんもいっしょに食べませんか」

「あー、いい、いい。あたしはお妙とだべってるから」

沙梨が綾に声をかけるが、綾はやんわり断った。

「どうせ、ぜんぶ聞こえてますよ。地獄耳だから」

「聞こえてるぞぉ、おハル」

綾が釘を刺すと、春斗はひゅっと首をすくめた。

「おハルのおじいちゃんは、その筋では有名な筆跡鑑定士でさ。傾いた自宅を建て直している最中にお亡くなりになって、部屋が余ってるの。そこでシオンと暮らしてるんだけど、あたしは住まわせてくれないんだよね」

「他人と暮らせなさそうだけど、シオン君だけは平気なの？」

妙ママの素朴な疑問に、綾がちょっぴりつまらなそうに答えた。

「バスケ部の合宿で同部屋だったから、兄弟で住んでる気分らしい」

「綾は立ち入り禁止？」

「だいじょうぶ。シオンの合鍵を複製《コピー》した」

4
自立プリン

霧島綾はじゃらりと鍵を見せびらかした。

「……侵略されました」

楽しげに話す綾を横目に、春斗がぼそりと言った。

「ぼく、女難の相があるみたいです」

春斗は、水のお代わりを注ぎに来た匠海にそれとなく文句を言った。

「外野がうるさいんですけど」

「右翼《ライト》で肩作ってるから、いつでも登板《リリーフ》するぜ」

綾はぐるぐると右腕を回して、いつでも投げられるぜ、とアピールしている。

妙ママとのお喋りを切り上げて、綾は春斗に絡みに行った。

「おハル、さっさと沙梨ちゃんを取材旅行に誘えって。ほれほれ、早く」

春斗はばつの悪そうな表情を浮かべ、黙りこくっている。

「あー、もうまどろっこしい。早よ誘えや」

春斗はちらちら綾の方を見ながら、ぼそぼそと言った。

「沙梨先生を誘ったはずなのに、待ち合わせ場所にどこかの女優がいたりするんでしょう」

春斗の被害妄想は果てしなかった。

「どこかの女優が特殊メイクして沙梨先生に化けて、声までそっくりに演じるドッキリ番組で、さあ、いつ気付くのか、とかやられるんですよね」

「あー、そこまで考えてなかったわ。それ、オモシロ」

春斗の猫っ毛をくしゃくしゃに撫でて、綾は高笑いした。

「春斗君、綾さんのこと大好きだね」

お師匠さまが、ふふっ、と上品に笑う。

「そんなことないです」

春斗はぶんぶん首を振って全否定した。

「お姉ちゃん大好きだろ、おハル。知ってるぞ」

綾はまんざらでもない笑みを浮かべ、図々しくもテーブル席に乱入した。

「んで、おハルの本は出るの？」

早速、綾が仕切り始めた。

「その件なのですが、高槻先生に折り入ってご相談があります」

食後に自立プリンを食べ、コーヒーで口直しした菜穂子がかしこまった。

「春斗先生にロダンの地獄の門と考える人を題材にしたミステリーをお願いしたのですが、春斗先生には考える人、高槻先生には地獄の門をテーマに執筆していただけないか、と考えております」

春斗も沙梨もいまいち要領を得なかったのか、互いに顔を見合わせた。

「といいますのも、考える人はもともと地獄の門の一部で、それが独立し単独の像となったという歴史的経緯があります。いわば地獄の門は親であり、考える人は子である。師であり、弟子である。考える人が単独の存在となっても、かつては地獄の門の一部であったことは揺らぎません」

今まで編集者の言葉がさっぱり響いていなかった春斗の表情が変わった。

気怠そうだった目がちょっぴりやる気になっている。

「高槻先生と春斗先生の師弟関係になぞらえて、師弟作として同時に刊行することを考えております。いかがでしょうか」

「……いい、と思います。……ぼくは」

お師匠さまをちらちら横目で見ながら春斗が自嘲した。

「沙梨先生は二十万部ぐらい売れて、ぼくは三千部かもしれませんけど」

「まーた、おハルはそうやって予防線を張る」

綾に頭を叩《はた》かれ、春斗は不満げに唇を尖らせた。

沙梨が心配そうな声で言った。

「ミステリーかあ。私、ミステリーなんて書いたことないな」

春斗は自立プリンをもそもそ食べている。

「おハル、そこはぼくといっしょに取材しに行きましょう、だろうがよ」

再び頭を叩かれた春斗はなにか言いたげな目で沙梨を見つめた。しかし、腹話術人形のようにぱくぱく口を開け閉めするだけで、いっこうに誘いの言葉は発せられない。

「おハルはほーんと世話の焼けるおバカさんだね。そろそろ自立せい、自立」

綾に焚きつけられて、春斗はようやく誘いの言葉を発した。

「あの、沙梨先生……。ぼくと取材に……」

憧れと気恥ずかしさが相まってなのか、まともに沙梨の顔を直視できず、ひたすら俯いている。沙梨は幼い子供に向けるような優しげな視線をくれた。

「うん。いつにしようか」

「いつでも大丈夫です」

「はっきりせえよ、おハル」

綾と沙梨は親友の間柄であるらしく、スケジュール帳をいっしょに眺めて、あっさり取材旅行の日を決めた。

「んじゃ、ここで」

「そうですね」

「オプションであたしも付いてくけど、どーする？」

「三人で行きましょうか。それも楽しそうですね」

春斗そっちのけで旅程が決まっていく。

「つーか、ぶっちゃけおハル、いる？　あたしと沙梨ちゃんで女子旅にしない」

「それもいいですね」

完全に傍観者の立場の春斗はすっかり存在感を薄れさせていた。

考える人は地獄の門から独立し一本立ちしたようだが、駆け出しの小説家である春斗はなんにでも首を突っ込んでくる姉と憧れのお師匠さまから自立できていないようだった。

自立プリンをもそもそ食べながら、春斗がぼそっと言った。

「ぼく、自立プリンよりアップルパイのほうが好きなんですよね」

5

「小料理 絶」の希望

ランチ営業が終わり、匠海がアート看板を片付けていると、見慣れない男が声をかけてきた。カジュアルスーツをさらりと着こなしたスマートな出で立ちで、あまり西小山では見かけない洗練された雰囲気が漂っていた。

「わたくし、『大人のグルメガイド』の責任編集をしております深井《ふかい》と申します。先日、取材の申し込みのお電話をさせて頂きましたが、お取込み中でしょうか」

名刺を受け取った匠海が恐縮する。

「いえ、ランチがちょっと長引いてしまったもので。どうぞ中へ」

戦場のようなランチ営業を終えたばかりの妙ママであったが、カウンター奥でそわそわと落ち着かない様子で立ち尽くしていた。

「妙さん、取材の方がお見えです」

「は、はい。お待ちしておりました」

妙ママは乱れていた髪を手櫛で整え、楚々と振る舞った。

「取材に応じていただき感謝申し上げます。実はお忍びで足を運ばせていただいたことがありまして、お昼の名物だという絶望オムライスも食べさせていただきました。たいへん美味しかったです」

匠海はちらりと妙ママの様子を伺う。事前連絡によれば「縁起メシの取材」という名目であったが、絶望オムライスを絶賛されても、妙ママは当惑するばかりだろう。

「絶望オムライスを作っているのは私ではなく匠海君です。オムライスの取材ということでしたら彼を取材してください」

妙ママが匠海を前面に押し出すと、深井がやんわり訂正した。

「オムライスの取材に伺ったのではありません。私ども大人のグルメガイドが特集したいのは小料理　絶さんの縁起メシなのです」

これまで縁起メシが特集される機会はほぼ皆無だった。軽んじられるばかりだった縁起メシにスポットが当たり、妙ママがにわかに取り乱している。

「ひとりで通う行きつけの小料理屋があるというのが大人のステータスであり、小料理絶さんの縁起メシは私ども大人のグルメガイドのコンセプトに合致いたします」

深井は妙ママの当惑の色などお構いなしに取材を続けた。

「早速ですが、インタビューを始めさせていただきます。どのようなきっかけで縁起メシを始めたのですか」

「この店を始める以前、私はメイクのアシスタントをしていました。今でも親友の女優がいるのですが、彼女が一時期理不尽な理由で仕事に恵まれないことがありました。彼女と二人で、なにか縁起の良いものを食べて忘れようとして、それで縁起メシに辿り着いたというのがそもそものきっかけです」

深井は熱心に頷き、妙ママの発言を録音している。

「実際に料理を作ってお見せしたほうがいいですか」

「是非とも。調理風景を撮影させて頂いてもよろしいでしょうか」

「はい。構いません」

妙ママはいそいそと縁起メシを作り始めた。カメラを向けられる緊張感からか、いつになく動きがぎこちない。ほどなくしてテーブル狭しと縁起メシが並べられた。

黄金焼き、サンドウィッチ、鶏もつ、プリン……。

縁起メシを取り上げてもらえるまたとない機会だと張り切る気持ちは分かるが、律儀にも妙ママはテーブルの端にある料理から縁起の由来を解説し始めた。

伝えたいことが多過ぎて、明らかに空回っている。

深井は若干表情を引き攣らせながら、カメラのシャッターを切った。

取材に訪れた以上、あれこれ料理の配置を変えては撮影し、無理やりにでも縁起メシとして一括りにしようとするが、絵面としてはやはり統一感はない。だがこの統一感のなさこそが妙ママなのであって、一部の料理を切り取って写せば「小料理　絶」かというと、まったくそんなことはない。

「この中で女将のこれぞというものはありますか」

妙ママの話が長引き、そろそろ深井が取材を切り上げたそうにしていた。

「これぞという縁起メシはありません」

妙ママが困りながら言うと、深井が怪訝な表情を浮かべた。

「お店の名物メニューがないということですか」

「いえ、そういうことではなく……。小料理　絶にいらしていただくお客様の声を聞き、お客様に応じた縁起メシを作るので、これぞというものがないんです」

深井が渋面を作った。

「大人のグルメガイドの読者はお店選びに失敗したくないのです。この店に行けば、この名物料理が食べられるという安心感がないと、店に足を運ぶのを躊躇してしまわれる読者もいらっしゃるかと思います」

「はあ……」

妙ママが呆けた声で言った。

「本日はお忙しい中、取材にご協力くださりありがとうございました。掲載はさせて頂きますが紙面の扱いが小さくなってしまうかもしれません。その点、ご容赦くださいませ」

深井は丁寧に礼をすると、足早に立ち去っていった。

「ねえ、タク。うちってそんなに安心感のないお店かな」

匠海はがっかりと気落ちする妙ママを労わるように抱擁した。

「気にしないでください。小料理　絶に集まるお客さんはグルメガイドを見て集まるような人たちではないです」

「うん、そうだね」

匠海がフォローするが、妙ママの傷心は癒えそうになかった。

＊

明かりの落ちた「小料理　絶」の厨房で、匠海はデミグラスソースの仕込みに勤しんだ。

このソースがオムライスの味の決め手だと思うと、どんなに昼夜の営業で疲れていても、手を抜くことはできない。

ひとつ、ひとつの作業を丁寧に。

飽きのこない味を作るためには、工程のひとつたりともおろそかにできない。

愚直に。

ただひたすら愚直に。

5
「小料理 絶」の希望

いつも変わらぬ味を再現できるように、粛々と同じ準備を繰り返す。

洋食屋で下働きしたこともない匠海は何もかもが独学で、味を改良するような腕も知恵もない。

これと思った味になるよう、心を込めて作り続けるだけ。

たっぷりのサラダ油を熱し、粗切りにした玉葱、ニンジン、ニンニクを投入、色づくまで炒める。

牛すじ肉と鶏ガラを加え、時間をかけて炒める。

火が通ったら、小麦粉をふり混ぜ、さらによく炒めてから大鍋に移す。

トマトピューレを加える。

温めたブイヨンを加え、煮立てる。

月桂樹の葉を加え、ときどきかき混ぜながら弱火で煮る。

浮いてきたアクをレードルですくう。

茶褐色になってきたら、スープ濾《シノワ》しで濾す。

大鍋に戻して煮立てると、油がじんわり浮いてくる。

油をすくいとると、茶褐色のデミグラスソースの完成だ。

「ほんと嬉しそうに作るわね、タクは」

常連客と飲み明かしていた妙ママの頬は、ほんのりピンク色に染まっていた。

女優の霧島綾が好んで座る特別な場所に腰掛け、匠海の仕込みを静かに見守っている。

妙ママは酒に飲まれる性質ではないが、目が据わっている。

ソースの仕込みなど、代わり映えしない。

じっと見ていたって面白くもないのに、妙ママは頬杖をつき、匠海のソース作りを飽くことなく眺めていた。

「タク、私の縁起メシってなんなんだろう」

妙ママの口からこぼれ落ちるように、生真面目な悩みが発せられた。

愚直にオムライスばかり作っている匠海と違って、妙ママはたくさんの縁起メシを作る。

金運が落ちていれば黄金焼き。

恋愛運向上には幸せのサンドウィッチ。

縁を取もつ、鶏もつ。

一人立ちには自立プリン。

縁起メシを作る導火線として、妙ママ自身を含む、運気の落ちた客の声さえあればいい。

「私にはタクみたいに、これぞという縁起メシがない。綾のような物語もない。一本立ちの証だという、ハバタキのような儀式性もない」

縁起メシを信奉する妙ママが縁起メシで迷子になっていた。

「これぞ、というものがなくちゃだめなんですか」

妙ママは縁起メシなんぞという、たいそうなものがなくても生きてこられた。

霧島綾にとって、ステーキは一家の没落から再興した象徴である。

匠海にとって、オムライスは恐怖そのものだった食事を美味しいと思える拠り所だった。

これぞ、というものがないほうが幸せなのではないか、とさえ思える。

「タクの言いたいことは分かるよ。縁起メシなんかにすがらなくても私はふつうに生きてこられた。それは感謝こそすれど、嘆くことではない」

妙ママが静かに瞑目した。

「私の料理の腕前って、しょせん素人に毛が生えたも同然でしょう。名のある料亭で修業したわけでもない。取り立てて誇れるものがないから、縁起メシという付加価値をつけて、なんとか小料理屋を切り盛りしてきた」

「妙さんには誇れるものがいっぱいあります」

お節介な人柄も。

包み込むような優しさも。

困っている人を放っておけない性格も。

「いっぱい、いっぱいあります」

それは目に見えないだけだ。

これぞ、というものがないなんて、悲しいことは言わないでほしい。

「妙さんのこれぞはオムライスじゃだめなんですか」

「うん。それはタクのものだし」

妙ママがかぶりを振った。

デミグラスソース作りの手を止めた匠海は、妙ママと真っ直ぐに向き合った。

大鍋にじんわり油が浮いてくるが、もうどうだっていい。

匠海は妙ママに救ってもらった。

母の温もりを知らず、家もなかった匠海に安心をくれた。

今こそ、その恩を返さずして、いったいいつ返すというのか。

「妙さんはいつだって寄り添ってくれて、いっしょに泣いてくれて、いっしょに笑ってくれました」

匠海はただただ愚直に言葉を連ねた。

「妙さんがいなかったら絶望オムライスは生まれなかった。オムライスを自分の手で作ろうなんて思いもしなかった。絶望オムライスはぼくの縁起メシじゃない。ぼくだけの縁起メシじゃない。ぼくと、妙さんの……、『小料理　絶』の希望です」

涙を堪えていた匠海が子供のように泣きじゃくった。悲しげな妙ママの顔を見たせいか、洋食屋に置き去りにされた幼い日に舞い戻った気がした。

キッチンにいるのは、やさしそうな白髪のおじいさんではなかった。

黒いフライパンはつやつや光り、オレンジ色のお米が踊る。

白いお皿にオレンジ色のお米が乗っかり、黄色い卵がやさしく包み込む。

焦げ茶色のどろっとしたソースがかかった、その食べ物の名はオムライス。

最後に、母といっしょに食べた思い出の逸品。

「急にどうしたのよ、タク」

妙ママに優しく抱きしめられて、匠海はぐすっと鼻をすすった。

まさか、見間違えるはずもない。

やさしそうな白髪のおじいさんの代わりに黒いフライパンを振っていたのは、成長した匠海自身だった。

満面の笑みを浮かべ、ただただ嬉しそうにオムライスを作っている。

幼い匠海も嬉しそうにオムライスを食べている。

母のような妙ママもずっと寄り添ってくれている。

この先、置き去りにされる心配なんてない。

幸せな。

どうしようもなく幸せな光景。

「そっか。小料理　絶の希望か。だったら私のこれぞもオムライスでいいのか」

「いいと思います」

かちゃかちゃ、と。
スプーンが鳴らす、妙《たえ》なる調べが耳に心地良く響く。
オムライスという幸福な食べ物に、どうして「絶望」などと冠したのか。
その心は、ひと口食べたら分かってもらえるだろう。
――このオムライスを食べれば、きっと絶望を忘れられるよ
そういう希望を込めて。

参考文献

野崎洋光『野崎洋光の縁起食』中日映画社・2015年6月30日
暮らしの設計143号　1986年『帝国ホテル料理長　村上信夫のおそうざいフランス料理』中央公論社

初出

「絶望オムライス」第9回ネット小説大賞受賞
他はすべて書き下ろしです。
なお、単行本化にあたり加筆・修正を施しています。

著者略歴

神原月人　かんばら・つきひと
東京都出身。『絶望オムライス』が第9回ネット小説大賞を受賞。
『しょーもな記』が第1回曲木賞を受賞。

二〇二三年五月三十一日　第一刷発行

絶望オムライス

著者　神原月人
発行者　山田剛士
発行所　月と梟出版
この本に関するご意見、ご感想や、
万一、印刷・製本などに製造上の不備がございましたら、
お手数ですがinfo@moon-owl.jpまでご連絡をお願いいたします。
印刷所　藤原印刷
組版　宮澤新一
装画　マメイケダ
装丁　アルビレオ
 ISBN 978-4-910946-01-6 Printed in Japan
定価はカバーに表示してあります。
月と梟出版ホームページアドレス moon-owl.jp